# 古典と名作で歩く
# 本物の京都

高野 澄



祥伝社黄金文庫

# 文庫版のためのまえがき

本書の前身は一九九五年、岩波ジュニア新書として出版された『文学でめぐる京都』です。望外の好評をいただき、著者ともども幸甚の時間を体験いたしました。遅ればせながら、お世話になったジュニア新書編集部の方々にあらためてお礼をもうしあげます。

「京都」と「文学」のかかわりに焦点をあて、いまは観光名所として名を馳《は》せる場所や建物が、じつは意外な歴史の謎を秘めていると知る、その楽しさをあじわっていただきたいと考えてまとめた構成が好評を得たものかと、いささか自負するところであります。

刊行二〇年をすぎ、このたび、祥伝社の厚意によって文庫版『古典と名作で歩く本物の京都』と改題、刊行のはこびになりました。記述の本筋を変えないのはもちろんですが、文末の記述を点検し、文章の軽快なリズム感を維持するために多くの箇所を書き換えました。

たくさんの文学作品を読んでいただこうと意図したため、原作からの引用を短くするところに苦心があったのですが、そのために、かえって原作の印象を弱めてしまうミスが生じたのに気づき、文庫版では引用を長くした作品があります。梶井基次郎《かじいもとじろう》の『檸檬《レモン》』が一例です。

現代の在《あ》り方に疑問が出され、解決の途《みち》が模索されるとき、とりあえずは先代の世相を回顧するのが必要で、かつ有効です。回顧の手段として最も有効なのが文学であることに疑問はありません。

先代回顧の材料が豊かで、しかも手近にある、それが京都なのだといえるのではないでしょうか。

# 目　次

本文写真撮影＝田口葉子

凡　例
主要道路
有料道路
鉄　道
丘陵・山地
0
4 km
N
鞍馬山
高野川
賀茂川
洛北
比叡山
叡山電鉄
金閣寺
保津峡
銀閣寺
御所
洛
大文字山
二条城
地下鉄東西線
洛西
嵐山
洛中
東
鴨川
清水寺
京都駅
東海道新幹線
老ノ坂亀岡道路
稲荷山
名神高速道路
桂川
洛南
奈良線
醍醐山
阪急京都線
東海道本線
新幹線
京阪宇治線
京滋バイパス
天王山
宇治川
近鉄京都線
平等院
木津川

第1章

# 洛東

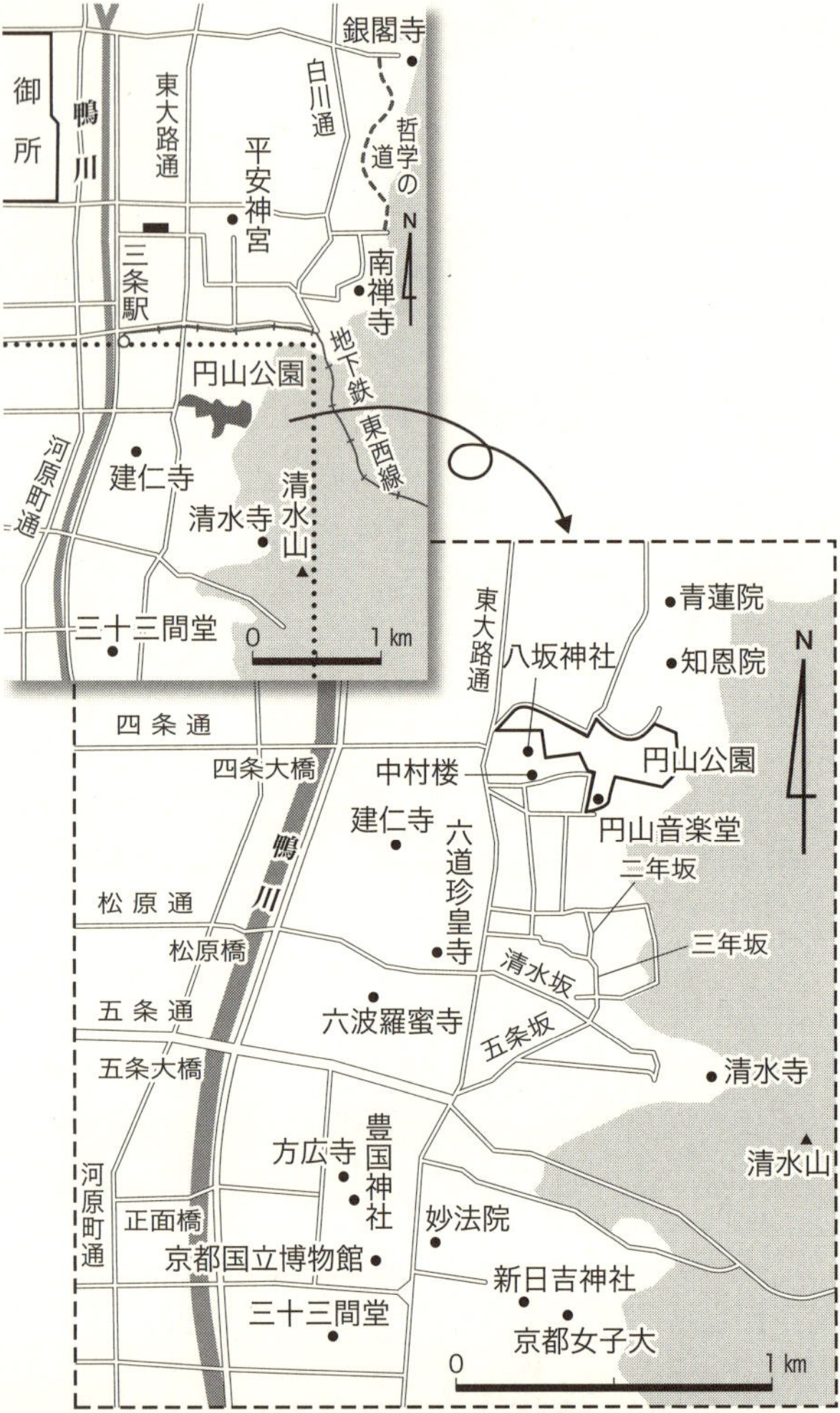
銀閣寺
御所
鴨川
東大路通
白川通
哲学の道
平安神宮
三条駅
南禅寺
N
地下鉄東西線
円山公園
河原町通
建仁寺
清水寺
清水山
三十三間堂
0
1 km
東大路通
青蓮院
知恩院
八坂神社
N
四条通
四条大橋
中村楼
円山公園
円山音楽堂
建仁寺
六道珍皇寺
鴨川
二年坂
松原通
三年坂
松原橋
清水坂
五条通
六波羅蜜寺
五条坂
五条大橋
清水寺
清水山
方広寺
豊国神社
河原町通
正面橋
妙法院
京都国立博物館
新日吉神社
三十三間堂
京都女子大
0
1 km

## ■「山ぎは」の山はどこなのか？

「春は曙《あけぼの》……」

清少納言は『枕草子』をこの一句で書きはじめた。

春は曙が最高なのですよという価値判断があってのことなのか、なんということはなくて、春は四季のはじめだから、はじめの連想で、まずは曙から考えてゆきましょうという順序の問題にすぎないのか、いろいろと解釈はありうるが、とにかく「春は曙」と清少納言は断定した。

　春は曙。やうやう白くなり行《ゆく》、山ぎはすこしあかりて、むらさきだちたる雲のほそくたなびきたる。（一段）

さて、清少納言が「山ぎは」という、この山は、どこの山をさしているのか？

清少納言の生涯はほとんど京都――平安京でおくられた。ほかの土地を知らないわけではないが、まずは京都だから、特別の地名の限定がないかぎりは京都の山にきまっている。

京都の山というと東山、北山そして西山の三山がある。『枕草子』の冒頭に記録される名誉にかがやいたのは、三山のうち、どれであったか？

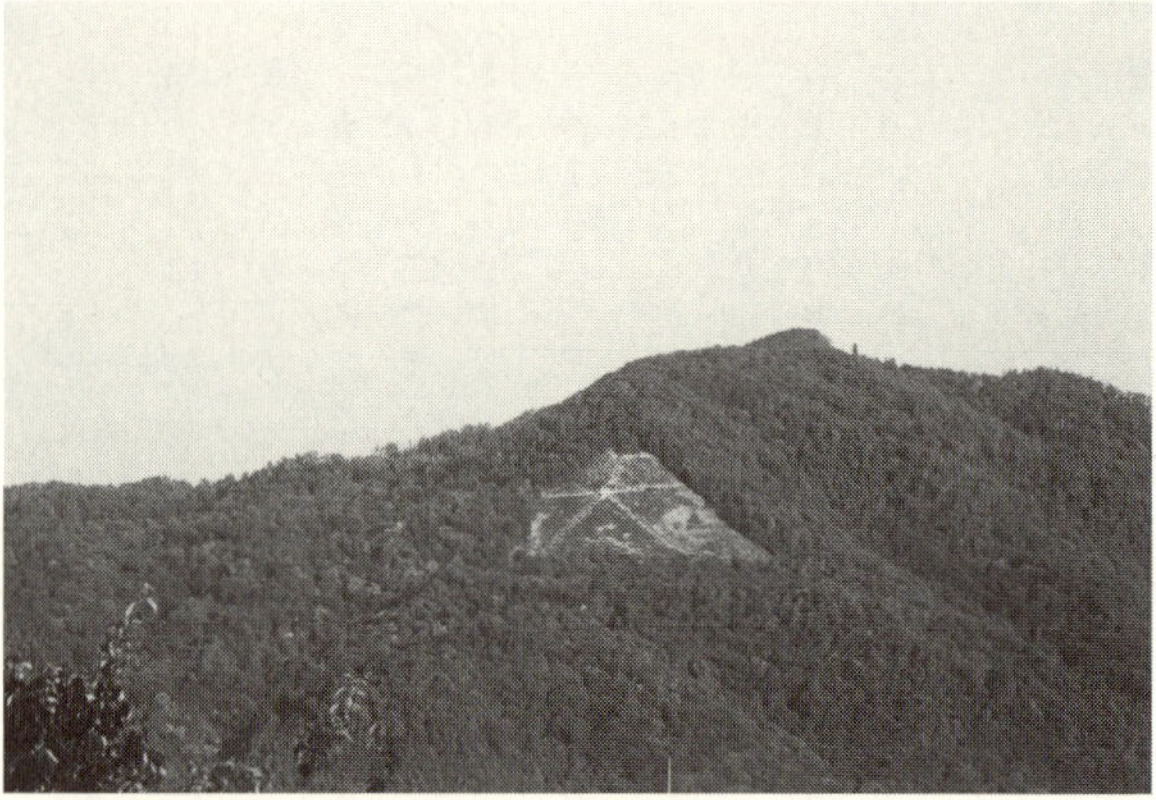

東山。清少納言と同じ気分でながめるには……

東山だ。

京都の朝は東山の裏側から明けてくる。上空がかなり明るくなってきても、京都のひとびとの顔には、まだ陽光はささない。京都は盆地だから夜があけるのはおそいということを、京都にすむひとは意外に知らない。

そのかわりに、とでもいうように、上空が明るくなるのにつれて東山の稜線があざやかになってくる、それを清少納言は「山ぎは、すこしあかりて」と表現した。

むかしもいまも、京都に住むひとは自分だけの東山の色彩のイメージをもっている。

それなら旅行者は、どの地点から「春は曙」の東山をながめるのがいいのかというと、賀茂《かも》大橋か丸太町《まるたまち》橋の、それも西側に立つことをおすすめする。東側はよくない。賀茂のながれを手前に、その向こうに東山を見る位置でなければ清少納言とおなじ気分にはなれないから。

### ■東山の中心——清水山

日本の映画の歴史をかたる本を読んでいると、かならず出てくる文句——「東山三十六峰、しずかに眠る丑三つ時、たちまち夜のしじまをやぶる剣戟《けんげき》の音……」

映画がまだ活動写真とよばれていたころは声や音は出ない。活動弁士がスクリーンの横にあらわれ、あれこれ工夫をこらしたせりふをしゃべって情景を説明していた。明治維新の京都が舞台になる映画では、「東山三十六峰……」のせりふがかならずといっていいくらいに弁士の口から出てきて、それにあわせて西郷隆盛や桂小五郎が奮闘することになっていた。

この東山三十六峰というのが京都の東山のことで、北の端の比叡山から南の稲荷山まで三十六の山頂に名前がついている。

観光バスのガイドさんは服部嵐雪《はっとりらんせつ》の俳句を紹介するはずだ。

布団着て寝たる姿や東山（『玄峰集』）

北から南へゆくにつれてずんぐりと低くなる連峰のかたちが、布団をかぶって寝ているひとの姿に似ている、といった意味の句だ。嵐雪は松尾芭蕉の門人、榎本其角《えのもときかく》とならんで芭蕉の門人の双璧といわれた。

さて、東山の中心というと、どの山になるだろうか？

それぞれの山に歴史があるから、ひとつだけ取りだしていうのはむずかしいが、京都の歴史とのかかわりに重点をおくとすれば清水《きよみず》山だ。「清水の舞台から飛びおりる気になって……」という言葉で有名な清水寺はこの清水山の中腹から麓にかかる斜面にたてられている。

なぜ清水山が東山の中心だといえるのか、それについては『今昔物語』をひらいていただこう。

大和国（奈良）に賢心《けんしん》という僧があった。夢のなかにお告げがあり、「南を去って北にゆけ」と言われた。目がさめてから「新京に行ってみよう」と決意し、淀川にくると金色にかがやく流れを発見した。金色のながれは賢心のほかのひとには見えないことがわかったので、「これこそ神のみちびきにちがいない」と思い、ながれにそってすすむうちに新京の東山についた。

滝のちかくに庵があり、白髪の老人が住んでいた。賢心が老人の名をたずねると、つぎのように名乗った。

名をば行叡《ぎようえ》といふ。われ、ここに住まひして二百年におよぶ。しかるに年来、汝を待つといへども、いまだ来たらず。たまたま、さいはひに来たれり、よろこぶところなり。われ、こころに観音の威力《いりき》を念じ、口に千手の真言を誦《じゆ》す。ここにかくれゐて、おおくの年を積めり。（巻第一一「田村将軍、始メテ清水寺ヲ建テタルコト」）

南を去って北にゆけという夢告は日本の歴史のおおきな転換をしめしていた。南の平城旧京から北の平安新京への転換だ。

行叡は観音像の材木にふさわしい木と、観音像をおさめるのにふさわしい新京の場をさがしていて、清水山の中腹がもっとも適しているのを知った。行叡は観音の化身だから、観音像が安置されていない新京は正しい都とはいえない立場だ。

自分はしばらくのあいだ東国にゆくが、帰りがおそくなったら観音像をつくってここに安置せよ——賢心にそう命じて行叡は姿を消した。

賢心は行叡の帰りを待ったが、山の奥に行叡の履物がおちていたのを見つけて、もはや行叡が帰ってこないのをさとった。

そこにあらわれたのが大納言《だいなごん》の坂上田村麻呂《さかのうえのたむらまろ》、病気の妻に食べさせる鹿をさがして清水山にまよいこみ、不思議な水を見つけて口にふくんだら、まことに爽快な気分になった。水のながれの源をたずねてなおも山の奥にふみいり、賢心に出会う。

たがいに名乗りあった田村麻呂と賢心は、ちからをあわせて観音の像をつくり、庵《いおり》をたてて安置した。

観音像は平安新京のひとびとの崇敬をあつめ、庵はおおきくなって、いまの清水寺になった。

## ■市民にとっての清水寺

平安の新京をつくったのは桓武天皇の朝廷だが、それとは別に、清水寺が萌芽となってできあがった新京のくらしというものを考えてみたい。ミヤコ——ミヤがあるところ——政治都市の新京と、生活や信仰の場としての新京を区別してみる。

政治都市としての新京の南北の中心線は朱雀《すざく》大路で、朱雀大路が九条通とまじわるところに羅城門がたち、羅城門の東には東寺（教王護国寺）が、西には西寺がたてられていたが、これは朝廷の寺だから、市民の日常の暮らしや信仰にはあんまり関係がない。

市民の信仰をあつめたのは清水寺の本尊の十一面千手観音だった清水寺への参詣、それは観光が先なのか信仰が先なのか、判別がつかない現在の寺院への参詣とはぜんぜん様子のちがう、むしろ苦痛をともなうものだった。それでも、いや、それだからなおさらに京都の市民は清水寺への参詣に情熱をこめたものだ。

正月に寺にこもりたるは、いみじう寒く、雪がちにこほりたるこそをかしけれ。雨うちふりぬる景色なるは、いとわろし。（『枕草子』一一五段）

雨よりもかえって雪のほうが寺院参詣にはふさわしい気分になると、清少納言は言っている。寒さがきびしくなるのを待っていたかのように、市民は清水寺へおしよせる。

清水などにまうでて、局《つぼね》するほど、くれ階《はし》のもとに車ひきよせて立てたるに、帯ばかりうちしたるわかき法師ばらの、足駄というものをはきて、いささかつつみもなく、下りのぼるとてなにともなき経の端うち誦《ず》み、倶舎《くしゃ》の頌《ず》など誦しつつありくこそ、所につけてはおかしけれ。

本堂にあがってお賽銭をあげ、手をあわせておいのりして、はいこれで参詣はすみましたから帰りましょう、といった簡単なものではない。参詣よりは「お籠もり」「参籠」というほうが誤解はすくないだろう。一日や二日でおわるものではなく、四日五日とつづけて籠もるのがふつうだ。

何日もまえから本尊にちかい席を予約しておいて――この予約がまた大変な苦労――いよいよ参詣の日となれば、こころがときめく。

仏のきらきらと見えたまへるは、いみじうたふときに、手ごとに文どもをささげて、礼盤《らいばん》にかひろき誓ふも、さばかりゆすり満ちたれば、とりはなちて聞きわくべきもあらぬに……

いのりの声のざわめきで、ありがたい僧の読経もきこえないほどだが、それがまたいっそうの興奮をもりあげる。

ひごろの宮づとめでは格式をはっている官女たちも、ここへくれば一介の市民のすぎなくなり、それもまた興奮のもとになる。

清水参詣を清少納言がどれほどの興奮と期待でまちこがれていたか、それは清水参詣の模様をのべる一一五段が『枕草子』のなかでもっとも長い一節になっているところからもあきらかだ。

東寺や西寺がどんなに高い格を誇っても、清水寺のような熱い信仰がよせられることはありえない。

## ■ものぐさ太郎が探していたもの

清水寺の十一面観音に、市民はどんな願いをこめ、いのりをささげるのか？

ひとことでいえば法楽、数日のあいだの浄土の体験である。しかし、もっと現実的な、楽しくて値打ちのある願いが聴いてもらえるという信仰もあった。

御伽草子《おとぎぞうし》のなかではいまでもポピュラーな『ものぐさ太郎』の主人公は、都にゆけば妻になる女をみつけられると聞いて、はりきって信濃から京都にやってきた。

宿の主人に「それならば清水寺にゆけ」とおしえられた太郎は朝はやくから清水寺の大門に立ち、参詣の女につぎつぎと声をかけるが、みんな逃げられてしまう。

苦心のすえに、ひとりの智恵のある女と知り合いになり、太郎はこの女を妻にすることができた。

宿の主人が「妻になる女をさがすなら清水寺にゆけ」とおしえなければ太郎が妻をめとることはできなかったわけだが、それというのも、老若男女をとわず、熱い願いのあるものは清水寺に参詣するものだというのが京都の常識になっていたからだ。

## ■『更級日記《さらしな》』にみる清水参籠

清少納言が東山の「山ぎは」に格別な視線をあてていた連想から『更級日記』の作者の視線をおもいだすひともおおいだろう。

菅原孝標《すがわらのたかすえ》の娘というだけで名をしられないこの作者は「山の端《は》」「ほのぼのとあけゆく山ぎは」というように、山そのものよりも山の輪郭に関心をひきよせられている。

東山の輪郭は、彼女のさびしい気持ちをうけとめてくれる役割もはたしていたようだ。

父が東国の任地に赴任してゆき、さびしくなった気分を、つぎのように描写する。

いとど人目も見えず、さびしく心細くうちながめつつ、いづこばかりと、あけくれ思ひやる。道のほども知りにしかば、はるかに恋しく心細きことかぎりなし。あくるより暮るるまで、東のやまぎはを眺めてすぐす。

清水に参籠するひとの心象風景がどんなものであったか、『枕草子』よりも『更級日記』のほうがこまやかな言葉づかいで語ってくれる。

本堂のまえの礼堂にこもっていると、別当らしい僧が出てきて、彼女にこう言った。

そこは前《さき》の生《しょう》に、この御寺の僧にてなむありし。仏師にて、仏をいとおほく造りたてまつりし功徳によりて、ありし素性《すぞう》まさりて、人と生まれたるなり。

おまえの前生は仏師であった、たくさんの仏像をつくった功徳で人間にうまれかわったのだよとおしえてくれる。場所は清水寺、語るのが僧とあれば、これは冗談とはうけとれない。おどろく彼女に、僧はさらに言葉をかさねる。

この御堂の東におはする丈六の仏は、そこの造りたりしなり。箔をおしさして、なくなりにしぞ。

おまえは金箔銀箔を押す仕事をおわらないうちに死んでしまった

あな、いみじ。さは、あれに箔押したてまつらむ。

亡くなりにしかば、異人《ことひと》箔をおしたてまつり、異人供養もしてし。

おまえのかわりに、別のひとが箔押しを完成させ、開眼の供養もつとめた。

前生では仏師としてたくさんの仏をつくった、だからこそ人間にうまれかわる幸運にめぐまれたのだが、人間にうまれてからの仏にたいする祈りにはまだ不足のおおい自分である――そういうことをつくづくと思いしらせてくれるのが清水参籠というものだった。

## ■清水寺への道

京都に旅行して、清水寺がどこにあるか、道がわからなくて当惑することはありえない。ひとに道を聞かずに、自分で見当をつけて行ってみたいというひとにはつぎのコースをおすすめする。

まず、京都を東西にはしる道で、いちばん有名でにぎやかな四条通をみつけて、まっすぐ東にすすむ。そうすると八坂神社の石段につきあたるから、石段をあがって神社の境内をななめ右にすすむと正門（南門）がある。正門をぬけ、「京の坂みち」「二年坂」「三年坂」の道しるべのとおりにすすめば、いつのまにか清水寺が目のまえにあらわれるはずだ。

鴨川の東、四条から五条のあたりにいればまようことなく清水寺に行ける――おおげさにいうとこういうことになるのだが、ここで、もっとも正しい清水参詣ルートをたどってみることにしよう。平安京のひとびとが通っていたルートによる清水参詣を再現してみるわけだ。

それにはまず『梁塵秘抄《りょうじんひしょう》』をひらく。『梁塵秘抄』は平安時代の流行歌の歌集、後白河法皇が編集したものだ。通し番号三一四の歌は、つぎのとおり。

いづれか、清水へ参る道、京極くだりに五条まで、石橋よ、東の橋詰四つ棟六波羅《ろくはら》堂、愛宕寺大仏深井とか、それを打ち過ぎて八坂寺、一段のぼりて見下ろせば、主典

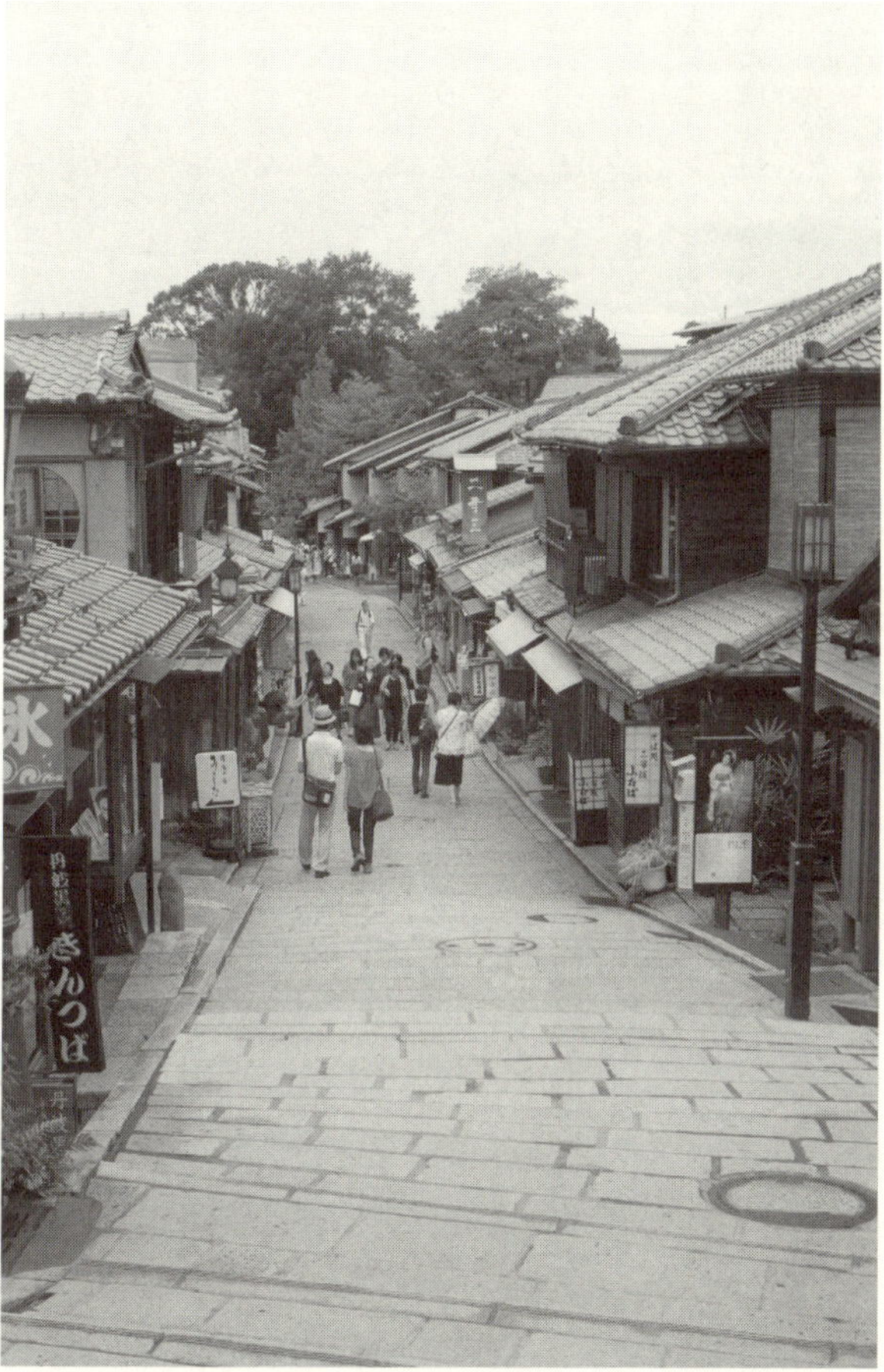


二年坂。正しい清水参詣ルートとは？

大夫が仁王堂……

京極とは字のとおりの「京の端」の意味だが、ここでは「東」という字をおぎなって読んでもらう。いまの寺町通にあたる南北の通りが平安京の東京極通《ひがしきょうごくどおり》だ。その東京極通を五条まで下がって――南にくだって――五条通に出たら東にまがって鴨川をわたる。五条の橋は平安時代から石づくりだった、だから「石橋よ」と強調している。

五条の橋をわたるとすぐに六波羅蜜寺があり、愛宕寺《おたぎでら》（いまは珍皇寺《ちんのうじ》）があり、八坂寺（法観寺）があり、いよいよ清水寺に出る――と『梁塵秘抄』はいうのだが、さて、どうだろう、まちがいなく清水寺の前に出ることができたか？

できないはずだ。

五条の橋をわたって東にすすむと、山をこえて山科区へ、そして名神高速道路のインターチェンジへ出てしまい、清水寺どころか、右は大阪、左は名古屋というとんでもないことになってしまう。

『梁塵秘抄』には五条の石橋をわたってゆくのが清水寺参詣のルートだと書いてある。「いずれか、清水へ参る道」とは、これが清水参詣の本道だという意味を強調した言い方だが、そのとおりに五条の石橋をわたってすすむと清水寺には行けない。

どうして、こういう事態になってしまうのか——じつは当時の五条通と現在の五条通は別な道だからだ。現在の五条橋の西詰には弁慶と牛若丸が決闘している石像があるけれども、これも別のところにあるのが本来なのだ。

## ■本来の清水参詣ルートを探す

本来の清水参詣ルートはどこにあったのだろうか？

これを発見するには、清水寺を起点にして西にむかい、無理のないかたちであるけばいいはずだ。それが本来の清水参詣ルートにちがいないわけだから。

清水寺を背にして坂道をくだると、二股の交差点で最初の迷いに遭遇する。直角に右へまがると三年坂（産寧坂）だが、前のほうに二股の交差点があるので、どっちの道をくだればいいのか、迷いがおこる。

しかし、心配はいらないのである、「無理のないかたちで」という原則にしたがえば、右へゆく道が細くて古い感じになのはすぐにわかるはずだ。自信がなければ、残念だが、タクシーがのぼってくるか、どうかで判断する。タクシーがのぼってくるのは左の坂道でこれは五条坂といい、本来のルートではない。

——左が五条坂なら、左へゆくのが正しいのではないか？

五条という言葉にまどわされるな。わたくしたちはいま、五条通ではなく、本来の清水参詣ルートをさがしている、それを忘れてはいけない。

二股の交差点を右に折れて、坂をくだる。東大路通を突っ切ってすすむと（バス停「清水道」）、まず右手に珍皇寺、つづいて左手に六波羅蜜寺があれば『梁塵秘抄』がいうとおりだから、安心していい。

まもなく橋に出る。五条橋ではない、五条橋の上流の松原橋である。これが平安京の本来の五条橋で、橋をわたれば五条通がはじまっていた。『梁塵秘抄』が「京極くだりに五条まで、石橋よ」と称賛する五条の石橋はこの位置にあった。

いまは松原橋とよばれているのが本来の五条橋、松原通とよばれているのが本来の五条通である——簡単なようで厄介でもあるこの問題についてはもうすこし先で考えることにして、この松原橋のうえで展開されたドラマを再現してみよう。

## ■牛若丸と弁慶の決闘

〽京の五条の橋の上

大のおとこの弁慶は
長い薙刀《なぎなた》ふりあげて
牛若めざして切りかかる

文部省唱歌「牛若丸」ができたのは明治四十四年（一九一一）のこと、いまではもう小学校の音楽の授業でもおしえられなくなったようだ。そのうちに「仮面ライダー」や「ウルトラマン」の歌といっしょに、「ふるい時代の子供の歌」のジャンルに入れられるかもしれない。

源氏と平家のあらそいは、まず平家が勝利して、源氏の御曹司の牛若丸（源義経）は復讐のために鞍馬の山にかくれて心身を鍛錬している。

夜になると鞍馬《くらま》からおりてくる。市内の神社やお寺に参詣して、平家打倒に神仏のたすけを借りようと祈禱する。その牛若の腰の黄金の太刀をねらう弁慶は五条橋のうえで切りかかり、はげしい決闘がはじまる。

牛若と弁慶の出会い、そして決闘というと五条橋ときまったようなものだが、ほかにも五条天神や北野神社、さらには清水寺の舞台など、むかしからいろいろの説があった。有名な神社やお寺が「牛若丸と弁慶の決闘の本場はこちらですよ！」と、本家あらそいをやっているような感じだ。

決闘は清水寺でおこなわれたという説は『義経記《ぎけいき》』でのべられる。

清水寺の観音堂の正面ではじまった決闘は追いつ追われつ、舞台にうつる。

女や尼、わらべども、あわてふためき、縁より落つるものあり、御堂の戸をたてて入れじとするものもあり。されども、ふたりのものはやがて舞台へひいて、おりあうて戦いける。引いつ進んず、討ち合いけるあいだ、はじめはひとも懼《お》じて寄らざりけるが、のちには面白さに、行道するように付きてめぐり、これを見る。

僧侶が寺の本堂をぐるぐるまわりながらお経をよむのを行道《ぎょうどう》という。牛若丸と弁慶は清水の舞台ではげしく戦い、参詣のひとたちはお祈りよりもこっちのほうがおもしろいとばかりに、ふたりのあとにぞろぞろと付いてまわって決闘をながめている、そういう光景だった。

文部省唱歌の「牛若丸」では、五条の橋のうえで、見物人もなく戦ったような印象をうけるが、決闘は清水の舞台だという『義経記』の説のほうが華やかな感じがする。

牛若丸は正義のヒーローだから、わるいことをしてはならない、神聖なる清水寺の舞台で乱暴ものの弁慶と決闘するなんてとんでもない——そういうわけで清水寺の舞台ではなく、五条の橋のうえでの決闘という解釈になってきたのではなかろうか。

五条橋には清水寺橋とか勧進橋の別名があって、清水寺参詣の専用橋のようになっていた。橋がこわれても朝廷や幕府は費用を出さず、清水寺の僧侶が諸国をまわって費用をあつめて修理することになっていた、だから勧進橋の名がついた。清水寺と五条橋とは別のものではなく、寺の一部が橋だったといってもいいことになる。

## ■観音霊場としての清水寺

牛若丸と弁慶が死闘を演じた清水の舞台から南をみると、谷のむこうに、すっきりした感じの塔が見えるはずだ。ふつうは「子安の塔」「子安」といわれ、ただしくは泰産寺という名の安産の寺だ。子安の塔よりももっと南の山の麓が鳥辺山（鳥部山）だ。

古典文学をまなんだひとのあいだでいちばん有名なのが鳥辺山と化野《あだしの》のふたつの葬場だろう。

あだし野の露きゆるときなく、鳥部山の烟《けぶり》たちさらでのみ住みはつらならいならば、いかに、もののあはれもなからむ。世はさだめなきこそ、いみじけれ。（『徒然草』七段）

化野も鳥辺山もふるくからの葬場だ。平安京ができるまえから、ひとが死ねば化野か鳥辺山か、どちらかに遺骸をおくって別れた。化野は西の果て、鳥辺山は東の果てだった。

余裕のないひとはそのまま捨てたのだろうし、いくらか裕福なひとは遺骸を火葬にしたのだろう。鳥辺山の火葬の火と煙りに思いをこめて『徒然草』の一節を書いたのが吉田兼好だった。

この世の苦悩のすべてを解消してくれるのが観音菩薩で、その観音の霊場としてさかえたのが清水寺。観音霊場の清水寺のすぐ南に葬場があったのは「話があわない」ということの見本みたいなものだが、そうではない。

死は苦悩ではないという中世の日本人の意識が理解できれば、清水寺のすぐ南に死体を始末する場所があるのは矛盾でもなんでもないことがわかる。

そういう中世人の意識を、吉田兼好は「世はさだめなきこそ、いみじけれ」と表現したわけだろう。

## ■わらべ唄のなぞ

松原橋の東の川端通を南にすすんで五条橋をすぎると、ささやかな橋、正面橋がある。

観光案内書にはめったに登場しない橋だが、だからこそユニークな歴史をひめている。

橋から東のほうを見ながら、つぎの歌というか、せりふというか、つぶやいていただきたい。

〽うしろの正面、だーれ？

子供のころ、「かァごめ　かごめ　かァごのなかの鳥は……」とうたってあそんだ記憶はないか？

両手で目をふさぎ、しゃがんだ子をかこんで、数人が手をつなぎ「かァごめ　かごめ」とうたいながらぐるぐるまわり、歌がおわったところで、目をふさいだ子が「うしろの正面」にいる子の名前を当てる――この、なつかしい遊びの記憶はないか？

わらべ唄には作者がいない、作者の名がわからない。だから、時と場所によっていろいろなバリエーションがうまれてくる。全国のわらべ唄をしらべた浅野健二さんによると、この「かァごめ　かごめ」は関東地方を中心にしてほとんど全国に普及していて、歌詞にもそれほどの相違はないそうだ。

〽かァごめ　かごめ

かごのなかの鳥は

いついつ　出やる
夜明けの晩に
鶴と亀とすゥべった
うしろの正面　だァれ

（『新編わらべ唄風土記』）

土地の固有名詞や固有の事件といったものはほとんど歌われないのがわらべ唄の特色だ。それだからこそ全国どこにいっても、ほぼおなじ歌詞でうたわれる。
しかし、この「かァごめ　かごめ」の場合には、京都だけに固有の歌詞があって、もしかすると、これがオリジナルの歌詞かもしれないとさえ思われる。
それは「京の大仏つぁん」というタイトルだ。

〽京の京の　大仏つぁんは
天火で　焼けてな
三十三間堂が　焼けのこった
アラ　どんどん
コラ　どんどん

うしろの正面　どなた

（高橋美智子『京のわらべ歌』）

わらべ歌には土地や事件の固有名詞がつかわれていないという原則に照らすとき、この「京の大仏つぁん」がじつにユニークなものであることが実感される。「京の京の」と二回もくりかえし、それにかさねて「大仏つぁんが焼けた」というはっきりした事件を強調しているのだ。

わらべ唄には奇抜な歌詞がふんだんにつかわれている。これも浅野さんが指摘されているところだが、「かァごめ　かごめ」の「夜明けの晩に」という時刻指定の言葉などはなかなか奇抜、傑作である。

だが、それも、「うしろの正面」という歌詞の奇抜さにはかなわない。ほかのわらべ唄にも「うしろの正面」がつかわれているのは奇抜な魅力が捨てがたいからだろう。

〽中の中の小坊さんは
なんで背がひくいやら
親の日に魚くって
そんで背がひくいやら

うしろの正面　だあれ

（京都府竹野郡網野町）

〽坊さん　坊さん　どこゆくの
あの山こえて　おつかいに
わたしもいっしょに　つれてんか
おまえがくると　じゃまになる
うしろの正面　どなた

（京都市内）

〽坊さん　坊さん　どこゆくの
わたしは田圃《たんぼ》へ　稲かりに
わたしも一緒に　つれさんせ
おまえがくると　じゃまになる
このかんかん坊主　くそ坊主
うしろの正面　だあれ

（栃木県）

「うしろの正面」という言葉が先にあり、それにさまざまの歌詞が付いて、あたらしいわらべ唄ができあがる、そういう様子であったのがわかる。

## ■うしろの正面にいる人は？

正面橋から東にむかってあるく——その道の名は正面通である。

正面通というからには何かの正面につながる通りであるはずだが、それは何か？

正面通をあるいてゆくと、道がややのぼりになってまもなく、豊国《ほうこく》神社にぶっつかるはずだ。豊国神社は豊臣秀吉を祭神とする神社だが、建物も周囲の雰囲気もわびしい感じだ。

豊国神社の北に方広寺《ほうこうじ》という寺がとなりあっている。これもまたさびしい感じだが、なかにはいって、「豊臣秀吉が大仏をつくって……」といった説明を読むうちにヒントがうかんでくるだろう。天火で焼けた京の大仏つぁんとは、これであったのか！

権力の絶頂にあったころ、豊臣秀吉は奈良の東大寺の大仏をまねて、奈良よりももっと大きい大仏の盧遮那仏《るしやなぶつ》をつくった。その大仏を本尊とする寺が方広寺だ。

奈良の大仏をつくったのは聖武天皇だ。その聖武天皇よりももっと大きな大仏を京都につくった秀吉は、自分が聖武天皇よりも強大な権力者であることを誇示したかったわけだろう。

京の大仏については、歴史ずきのわかいひとたちには是非ともこの本を読んでいただきたいという願いをこめて、ルイス・フロイスの『日本史』の一文を紹介しよう。フロイスの『日本史』は膨大なものだが、それだけに読みごたえはたっぷりある。

彼は（奈良のとは）別の大仏を建立するように命じた。それは、もとより神仏に対する信心や尊敬からではなく、ただ己が名を高めんためであった。前に大和の国の奈良の街にあったものとおなじく、日本最大の偶像である。……

工事は進められ、当一五八八年は、後日鍍金《ときん》するため、仏の本体をベトゥーメで造ることに終始した。材木が工事現場に運搬され、貴人たちがおのおの家臣とともに遠隔の地から建築場へ運んで来る石の大きさは、まさしく信じられぬほど。暴君は、諸国の武士でないものからすべて刀を没収するように命じ、それでもって大仏製造の鋲飾《びょうかざ》りを作ることにした。山口地方の九ヵ国の国主、輝元《てるもと》だけでも、刀剣を積載した六隻の船を差し遣わしたと言う。

傍点はわたしが打ったものだが、それについて説明しておくと、まず「前に大和の国の奈良の街にあったもの」というのは東大寺の大仏が戦乱で焼けてしまっていたことをしめしている。秀吉は東大寺の大仏を再建することは考えず、京都に、べつの大仏をつくることを決意した。そのつぎの「刀の没収」とはいわゆる「刀狩り令」のことだ。

秀吉は自分が戦国乱世の覇者だと信じていて、その気持ちが大仏建立と刀狩りの強行になった。

清水寺の十一面観音なんか、ふるくさい。あんなものに祈っても幸せはこない、方広寺の大仏に祈るのが幸せになる近道だ――言うだけではこころもとないから、清水参詣の専用橋の五条の橋をずっと南、平安京の六条坊門小路にあたるところに掛け替え、名前だけはそのまま五条橋にした。

それでも足りないと思ったらしく、新五条橋よりもっと南、平安京の七条坊門小路にあたる道を大仏正面通と名づけて整備し、あたらしい橋の正面橋をつくった。

いまの方広寺と豊国神社、博物館や博物館の東の阿弥陀ヶ峰の頂上までの広大な区域が当時の方広寺の敷地だったといっていい。方広寺を中心とするこの区域は市民の憩いと歓楽と信仰のセンターとして栄えるはずだったが、秀吉が死に、息子の秀頼が徳川家康の政治力のまえに屈服してほろびてからは荒れるにまかされる。

正面橋。東に見えた方広寺の大仏は、今はない

秀頼は父のあとをうけて大仏殿を完成したが、大仏殿の鐘に鋳造した銘文の「国家安康」と「君臣豊楽」の部分に徳川方が言いがかりをつけた。「国家安康」には家康の名前を分断して呪いをかけようという邪悪な意図がある、「君臣豊楽」は豊臣家だけの繁栄をねがうものだという理屈である。これが大阪の陣のひきがねになり、豊臣家の没落になったのはなんとも皮肉なことだった。

方広寺の伽藍も大仏もいまは焼けてしまって影も形もないが、鐘だけは、したがって鐘の銘文だけは本物がのこっていて、問題の二ヵ所には白い塗料がぬってあるからすぐにわかる。

大仏が落雷で焼けたのは寛政十年（一七九

八）のことだ。豊臣家の記憶につながるもっとも重要なものが京都から姿を消してしまったのだ。

正面橋から東を見ても、大仏はない。

しかし、うしろには、だれかがいるのではないか、なにかがあるのではないか——「うしろの正面、どなた？」——豊臣家のひとびとは、どこへ行ってしまったの？

## ■三十三間堂はお寺ではなかった

『平家物語』は巻七の「主上都落」から、にわかにあわただしくなった都の空気を描写する。源氏の総攻撃がせまり、平家一門は安徳天皇を擁して西国めざして敗走をはじめるのだ。

まず、平家の本拠の六波羅のあたりの様子はつぎのようであった。

おなじき（寿永二年七月）廿二日の夜半ばかり、六波羅の辺おびただしう騒動す。馬に鞍おき腹帯しめ、物共東西南北へはこびかくす。ただいま敵のうち入るさまなり。

源氏の入京をふせぐために山科や宇治、淀に防衛部隊が派遣されたが、せめよせる源氏勢は雲霞《うんか》のごとしとあって防衛をあきらめ、一門こぞっての都落ちが決議される。

六波羅には安徳天皇の母の建礼門院《けんれいもんいん》の館もあり、そこへ平宗盛《むねもり》がかけつけて、都落ちがやむをえなくなった事情を報告する。

この世の中のありさま、さりともと存じ候つるに、いまはかうにこそ候めれ。ただ都のうちでいかにもならんと、人々は申しあはれ候へども、まのあたり憂き目を見せまいらせんも口惜しく候へば、院をも内をもとりたてまつりて、西国の方へ御幸・行幸をもなしまいらせてみばやとこそ思ひなって候へ。

六波羅蜜寺の南、三盛《みつもり》町・池殿町・多門町・門脇町のあたり一帯が平家の根拠地で、六波羅と総称され、おそれられていた。平清盛の祖父の正盛が六道珍皇寺から一町歩の畑をかりて宿舎をたてたのがそもそものはじまりだったという。

正盛から忠盛、そして清盛の三代のあいだに周辺の土地をつぎつぎと買いこんでひろがり、平家一族や郎党の屋敷をふくめて何百何千もの建物がならぶ盛況だった。

清盛の館を泉殿、清盛の弟の頼盛《よりもり》の館を池殿といい、清盛の娘の建礼門院徳子《とくこ》は池殿で安徳天皇を産み、その後も池殿に住んでいたようだ。池殿の跡地がそのまま池殿町になった。

池殿町のすぐ西に大和大路が南北にはしっているから、これを南にすすむ。五条通をよこぎり、豊国神社と博物館のまえをとおりすぎると三十三間堂だが、このころは法住寺殿の名前のほうが有名だった。後白河法皇の政庁、つまり院庁だったからだ。

平家一門は後白河法皇や安徳天皇といっしょに西国へ落ちてゆくつもりだった。平宗盛が建礼門院に「院をも内をもとりたてまつりて」と言ったのが、それだ。天皇や法皇がいっしょなら、これは行幸である、御幸である、逃げてゆくのではないぞという名目が立つ

その夜、法住寺殿では大変なことがおこっていた。

平家のさぶらい、橘内左衛門《きつないざえもんのじょう》尉季康《すえやす》というものあり。さかざかしきおのこにて、院にもめしつかわれけり。その夜しも、法住寺殿に御宿直《おんとのい》して候けるに、つねの御所のかた、よにさはがしうさざめきあひて、女房たち、しのびねに泣きなんどしたまへば、何事やらんと聞くほどに、「法皇の、にはかに見えさせたまはぬは、いづ方へ御幸やらん」といふ声に聞きなしつ。

橘内左衛門が六波羅に知らせたときには、あとのまつり。平家の計略をいちはやく察知した法皇は先手をうち、法住寺殿をひそかにぬけだし、鞍馬へ御幸してしまっていた。

法住寺殿はもともとは法住寺という寺だったが、それが焼けたあとに法皇が院庁をたてたから法住寺殿という名称になった。住んでいるのは仏法ではなく、後白河法皇だ。お寺

ではなくて、なまぐさい役所だった。

法住寺殿の鎮守として法皇は遠く熊野からイザナミノミコトを勧請して、新熊野神社をたてた。新熊野はイマクマノと読むが、難読だから、いまでは今熊野とも書く。法皇はそれでも不安だったのか、近江から日吉《ひえ》神社を勧請して、新日吉《いまひえ》神社をたてた。

新熊野と新日吉神社があってもまだ法住寺殿の守りには不安があるという法皇の気持ちをさっした平清盛は、長さが三十三間の仏堂をつくって寄進した。つまりこれが三十三間堂だ。

どうか誤解しないでいただきたい、三十三間堂は法住寺殿という役所の仏堂にすぎないのであって、お寺ではない。ふつうの家の仏間や仏壇、ビルディングの屋上の鎮守社にあたるのが三十三間堂なのだ。

そうすると、法住寺殿の、いかに壮大なものであったかがわかってくる。博物館や豊国神社のあたりも法住寺殿の敷地で、その北では平家の根拠地の六波羅につながっていたと考えてもまちがいではない。

三十三間堂の東に、ひっそりとした雰囲気をただよわせているのが後白河法皇の墓だ。『平家物語』というと建礼門院徳子の悲話がよくしられているので、髪をおろして出家した円山の長楽寺や晩年をすごした洛北大原の寂光院は有名だが、徳子のライバルの後白河法皇の墓に参るひとはすくない。

## ■平家スキャンダル発祥の地

四条通は八坂神社の参道だ。

七月から八月にかけて京都は祇園祭り（八坂神社の祭礼）一色にぬりつぶされる感じになり、四条通は八坂神社の参道として生きいきした姿をとりもどす。

東山にはかぞえきれないほどおおくのポイントがあるが、双璧というと清水寺と八坂神社だ。清水寺は平安京と双子の関係にあり、八坂は平安京以前から八坂氏一族の生活の場であった、そういう違いがある。

八坂神社という名が定着したのはあたらしいことで、むかしは祇園とか祇園感神院《かんじんいん》といっていた。疫病を退治する神をまつるのが八坂神社。祇園祭りが夏の祭りになっているのも、疫病が猛威をふるう季節との関係からだろう。

インドに祇園精舎という聖地があった。精舎の守護神の牛頭《ごず》天王をまつる信仰がスサノオノミコトや蘇民将来《そみんしょうらい》の伝説と合体して、八坂神社の信仰ができあがったようだ。

さて、祇園精舎といえば――

祇園精舎の鐘の声、諸行無常の響きあり。沙羅双樹《さらそうじゅ》の花の色、盛者《じょうしゃ》必衰のことはりをあらはす。おごれる人もひさしからず、ただ春の夜の夢のごとし。たけき者もついにはほろびぬ、ひとへに風の前の塵におなじ。(『平家物語』「祇園精舎」)

八坂神社の本殿のまえに拝殿、その東に石垣でかこまれた石塔があって、「忠盛《ただもり》灯籠」の表示がある。平家が急速に勢力をつけるきっかけになった事件の証人の石塔だが、その事件というのを『平家物語』で読んでみる。

ある人の申しけるは、清盛は忠盛が子にはあらず、まことには白河院の皇子なり。そのゆえは……(「祇園女御」)

平清盛の父は忠盛ではなくて白河法皇――大変なスキャンダル!

白河法皇の愛妾のひとりは祇園に住み、祇園女御《にょうご》とよばれていた。五月の雨の夜、法皇は女御に会うために護衛の忠盛とふたりで八坂神社の境内をとおりぬけようとした、そのとき、本殿のそばに、白くあやしく光っているものがうごめいている。

あなおそろし。これはまことの鬼とおぼゆる。手にもてる物はきこゆる打出の小槌なるべし。

忠盛灯籠。白河法皇と平忠盛の逸話が残る

おびえる法皇は忠盛に、あれを討てと命じた。忠盛は武士だ、法皇ほどにはおびえていないから、これはタヌキかキツネだろう、いきなり殺せば後悔すると思い、刀はぬかずに飛びついてとりおさえた。

鬼でもない、キツネ、タヌキでもない、御堂の法師が灯籠に点火しようとしていたのだ。種火の明かりが法師の顔を下から照らしたのと、雨にぬれた蓑《みの》が白くひかっていたので、法師があやしいものの姿にみえただけだった。

法皇は、忠盛の沈着のおかげで無用の殺生からまぬがれたことに感謝した。祇園女御は法皇の子を懐妊していたので、「産めらむ子、女子ならば朕《ちん》が子にせん、男子《なんし》ならば忠盛が子にして弓矢とる身にしたてよ」と申しわたした。うまれたのは男子だったので忠盛の子になり、成長して清盛になったというはなしだ。

女御が住んでいたところに、いまは「祇園女御塚」の表示が立っている。八坂神社の境内を東にぬけると円山公園になり、円山の垂《しだ》れ桜のところを南にまがると音楽堂、音楽堂の西に女御塚がある。

## ■ヤジさんキタさんの失敗

四条通のつきあたりの石段の印象がつよいから、石段のうえの門が八坂神社の正門だとおもうひとがおおい。これはあくまでも西門で、正門は南の門だ。

南門のわきに中村楼という料理屋がある。むかしは藤屋という店もあり、あわせて祇園の二軒茶屋といわれていた。

名物は祇園豆腐。豆腐そのものに変わりはないが、店のまえにだした俎板で、美女が豆腐をトントンときざむのを見せながら客をよびこむところに値打ちがあった。

美女に見ほれて、つまらない失敗をやるのがヤジさんとキタさんの二人づれ。

ハハア、ここが川柳点に「豆腐きる顔に祇園の人だかり」といったところだな。（十返舎一九『東海道中膝栗毛』）

川柳の教養のあるところを見せたまではよかったが、ちょいと奥をのぞいたら美女がトントントントンと調子よく豆腐をきざんでいるのにふらふらっと誘われ、腹ごしらえをしようと店にあがる。

出てくる料理の器や皿の値段をいちいち女中にたしかめ、料理をぜんぶたいらげたあとの支払いのときに、器や皿をもらってゆくぞと脅しをかけた。それは困ります――それなら値引きをしてくれ――仕方がありませんなとなるのを計算していたのだが、女中もさるもの、器もどうぞ皿もどうぞ、ただし料理の支払いは別になりますと反撃され、ふたりは赤っ恥をかく。

またしても祇園の茶屋に田楽の味噌をつけたる身こそくやしき

なげつけるように川柳を詠んで、逃げだした。

## ■竹久夢二と八坂の塔

円山音楽堂と祇園女御塚のあいだを南へすすむ道は、文之助茶屋や高台寺、霊山観音《りょうぜん》のまえをとおって二年坂から三年坂（産寧坂）へとつながり、やがて清水道に出る。まっ

竹久夢二寓居跡。夢二は息子と暮らした

すぐな道ではないが標識があるから、まようことはない。

二年坂が三年坂にかわるあたり、西側に「竹久夢二寓居跡」ときざんだ、ちいさな石碑が目につくだろう。

抒情画家竹久夢二の人気は間欠泉に似ている。亡くなったのは昭和九年（一九三四）だから、もう八〇年以上になるが、忽然という言葉がぴったりのように、しばしば人気をもりかえす。

東京の生活のトラブルをさける意味もあって夢二は、息子とふたりで京都ぐらしをしたことがある。

高台寺辺に紅がら塗の家を一軒借りました……ここに腰を据えて、古いものも見たり製作もしてみたいと思います。北山颪《おろし》に鳴る八坂の塔の風鐸《ふうたく》が、いやに侘しいのにも直《す》ぐ慣れるでしょう。もうすぐ春もくるでしょう。（自伝画集『出帆』）

夢二の人気は「黒猫」や「長崎どんたく」といった絵によるものだろうが、もっと夢二を知りたいというひとには、絵よりも詩や文章をおすすめしたい。絵に詩文をあわせた詩画集を見ていると、夢二は「ハイカラな禅僧」というのがふさわしいのではないかという気分になってくる。夢二が活躍した明治のおわりから大正にかけては、「ハイカラ」という言葉が格別の意味をもっていた時代だ。

ちいさな石碑の横から、ちょいと西の小路にはいりこんで見上げると八坂の塔がある。法観寺という禅宗のお寺なのだが、塔のほかには本堂も庫裏もないお寺だから、八坂の塔というほうがわかりやすい。

## ■石川五右衛門対豊臣秀吉

わかいひとが歌舞伎を観るようになったという。たのもしいこと、うれしいことだ。そうこなくっちゃ――！

歌舞伎には名せりふというものがある。白波五人男の弁天小僧なら「知らざァ、言ってェ、きかせやしょう」、大泥棒の石川五右衛門ならば「絶景かな、絶景かな！」と見得をきる。

五右衛門が「絶景かな！」と見得をきったのは南禅寺の三門（山門）だ。

八坂神社から南禅寺にゆくには、円山公園に出てから垂れ桜を左手にみて北にまがり、知恩院の山門のまえをすぎる。

知恩院の三門は日本最大の高さをほこるものだが、この高さの印象をじゅうぶんにきざみつけてほしい。そして、なぜ五右衛門はこの知恩院ではなく、南禅寺の三門のうえから「絶景かな！」とさけんだのだろうという疑問がうかんでくれば申し分はない。

知恩院の北に青蓮院《しょうれんいん》、それから三条通になるから、東に向きを変えてウェスティン都ホテルのまえから琵琶湖疎水のインクラインにそって北にすすむと南禅寺の入口だ。ゆっくりあるいて約三十分が平安以前の八坂神社から鎌倉時代の南禅寺までの歴史の距離である。

料理旅館や湯豆腐屋のあいだの参道をあるいて境内にはいり、そのまますすむと三門の横をとおりすぎてしまう。巨大な三門を見のがすおそれはないが、どうしてこういうことになるんだろうとここでもまた疑問をもってほしいものだ。

南禅寺の伽藍のセンターラインは東から西へ方丈・仏殿・三門・勅使門をつらぬいている。勅使門はふだんは閉ざされていて、ふつうの参詣者は勅使門の横の、ちいさな門から境内にはいってゆくことになっている。そのまますすむと三門の横をとおりすぎてしまうわけだ。

そこで、境内にはいったらすぐに左（北）に寄って、勅使門の裏からセンターラインに沿ってに三門にすすんでほしい。

さて、三門にのぼった石川五右衛門の名せりふは、つぎのとおり。

絶景かな、絶景かな。

春のながめは価《あたい》千金とは、ちいさな譬《たと》え、この五右衛門が目からは万両。

もはや日も西にかたむき、まことに春の夕暮れの桜は、とりわけ、ひとしお。

ハテ、うららかな、ながめじゃなア。（並木五瓶『楼門五三桐』）

『金門《きんもん》五山《ごさんの》桐《きり》』がはじめの外題で、なんども上演されるうちに『金門五三桐』や『楼門五三桐』にかわった。『楼門』はロウモンではなくサンモンと読むのがしきたり。

歌舞伎脚本の題目の文字と読みには手のこんだ仕掛けがしてある。なれないうちは何のことやらわからないものだが、実物の舞台を観ているうちに、あ、そうかとわかってくる

南禅寺の三門。石川五右衛門が見得をきる

面白さがある。『五山桐』はすぐに禅宗の五山を連想させるが、その『五山』を『五三』と変えて『五三桐』にすると豊臣秀吉の紋所の「五三桐」に通じ、豊臣秀吉と大泥棒石川五右衛門が対決するストーリーなんだなと推測がついてくる。

五右衛門が「絶景かな、絶景かな」の名せりふをはいて京都の春を満喫しているところへ巡礼姿の秀吉があらわれ、ふたりは宿命的なライバル関係を確認する。

巡礼姿の秀吉は三門のうえに五右衛門がいるのを知っていて、五右衛門に聞こえるように、つぶやく。

秀吉「石川や、浜の真砂《まさご》は尽きるとも……」

五右衛門「ヤ……」
秀吉「世に盗賊の種は尽きまじ」
五右衛門「なんと……」
五右衛門の辞世として有名なこの歌は、歌舞伎の『楼門五三桐』では秀吉が五右衛門の正体をみやぶったことをしめす歌だという仕掛けになっている。
南禅寺から北へゆくなら「哲学の道」をすすむようにおすすめしたい。琵琶湖疏水の分水路に平行するこの道の終点が銀閣寺（慈照寺）への入口だ。

# 第2章

# 洛北

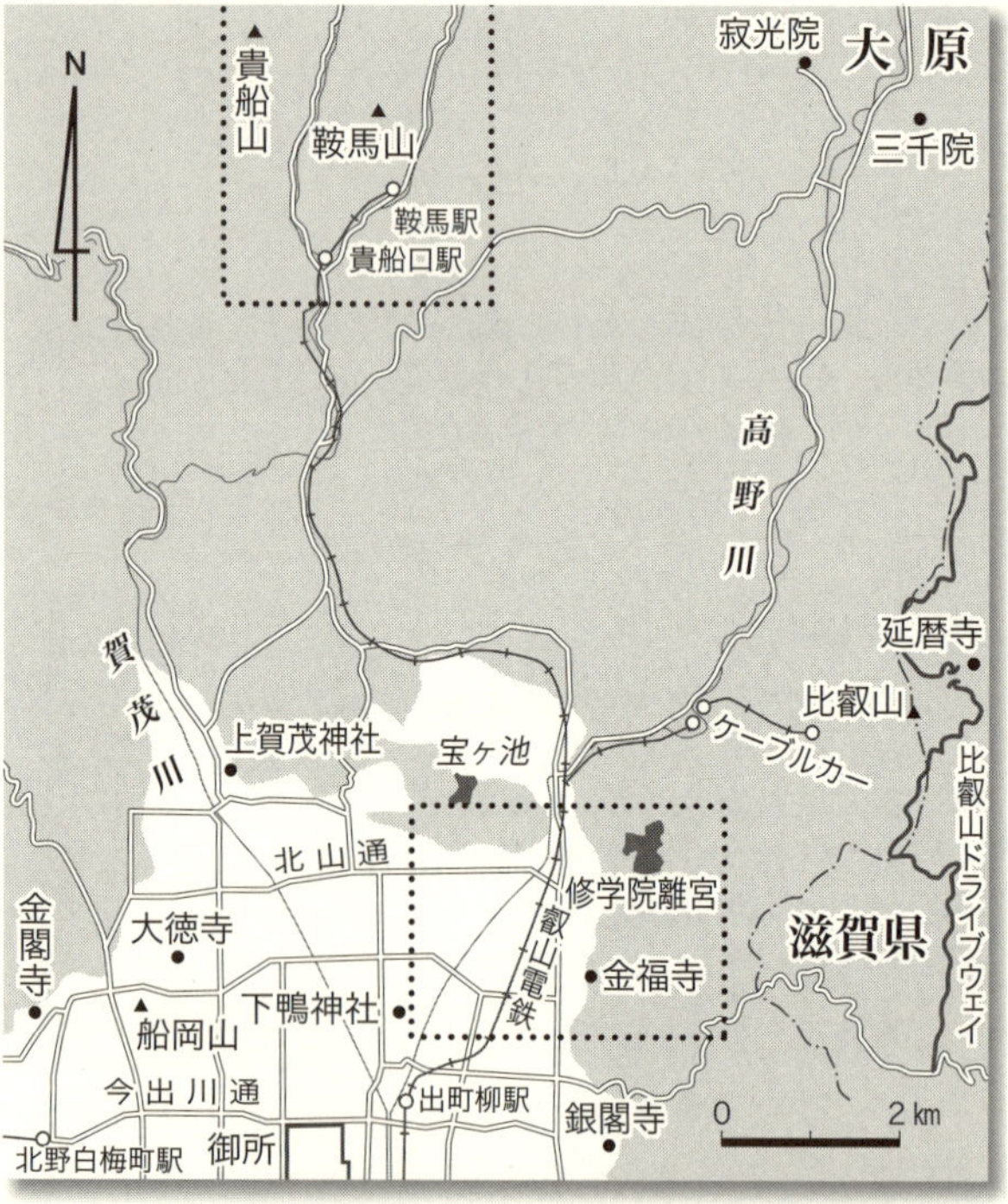
N
貴船山
鞍馬山
鞍馬駅
貴船口駅
寂光院
大原
三千院
高野川
延暦寺
比叡山
ケーブルカー
比叡山ドライブウェイ
賀茂川
上賀茂神社
宝ヶ池
北山通
修学院離宮
叡山電鉄
滋賀県
金閣寺
大徳寺
金福寺
下鴨神社
船岡山
今出川通
出町柳駅
銀閣寺
0
2 km
北野白梅町駅
御所

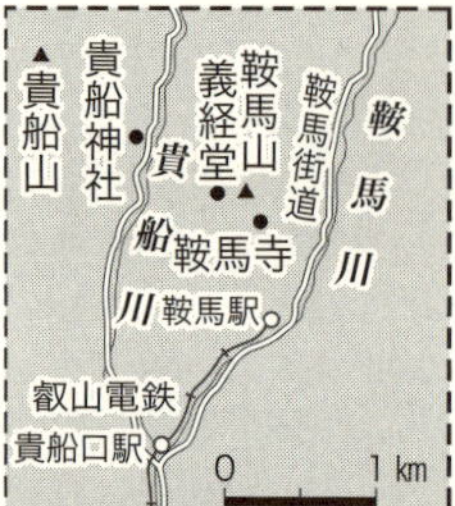
貴船山
貴船神社
鞍馬山
義経堂
鞍馬街道
鞍馬川
貴船川
鞍馬寺
鞍馬駅
叡山電鉄
貴船口駅
0
1 km

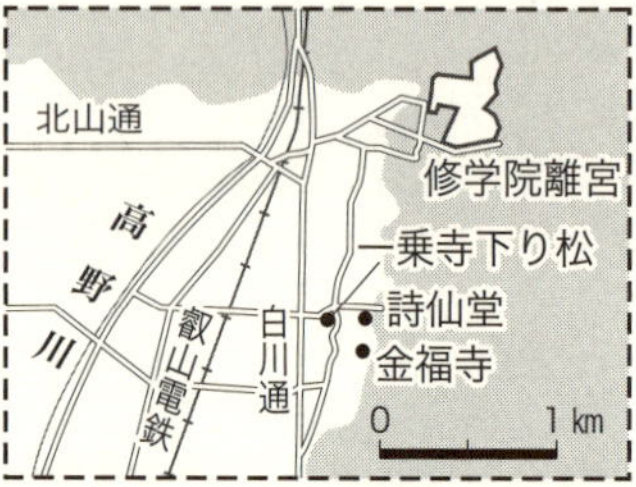
北山通
修学院離宮
高野川
一乗寺下り松
叡山電鉄
白川通
詩仙堂
金福寺
0
1 km

## ■天皇よりも格上の延暦寺

比叡山は東山三十六峰の最北、第一峰だから洛東というべきだろう。しかし、京都にすんでいるひとの感覚では比叡山はあくまで比叡山、洛東とか洛北といった区分けを超越している。

伝教大師最澄が延暦四年（七八五）に比叡山にたてた一乗止観院《いちじようしかんいん》が延暦寺になった。桓武天皇の勅願によって、延暦寺は国家鎮護の祈禱をおこなう格別のちからをもつ。

延暦年間にたてられたお寺だから延暦寺という名前になった。創建された年号を名前につけたお寺は格別に地位がたかい。京都にはほかに仁和寺や建仁寺が、江戸には寛永寺がある。

キリスト教のイエズス会が永禄年間に京都につくった教会に永禄寺の名がつきそうになったが、延暦寺の猛反対がものをいって中止になり、南蛮寺《なんばん》という名におちついた。もちろんキリスト教の教会だから南蛮寺はあくまで通称、「聖母被昇天教会」が正式な名前だ。

俗の世界では天皇が最高の権力、権威をもっているが、仏の弟子になった天皇も多い。仏の弟子としての天皇は延暦寺の住職と同格か、あるいは格がひくい場合もあるから、天皇の政治が比叡山の指示にしたがわなければならない場面がしばしばおこった。

そういう事情をなげいた白河法皇の言葉が『平家物語』にある。

賀茂河の水、双六の賽、山法師、これぞわが心にかなわぬもの（「願立」）

山門とは延暦寺の通称で、延暦寺の法師のことを山法師と呼んでいた。権威を背にしたあらあらしい振る舞いにたいする嫌悪や恐怖が山法師という呼び方にこめられている。白河法皇は強い姿勢で政治をおこなったが、その白河法皇でさえ、延暦寺の横暴には手を焼いた。

## ■信長の放火攻撃

延暦寺をなんとかしなくてはならない――そういう空気ははやくからおこっていたが、だれも手をつけられなかった。

しかし、ついに延暦寺を真っ向から攻撃したものがあらわれた、織田信長である。辻邦《つじくに》生《お》の小説『安土往還記』は、信長の放火攻撃をうけて炎上する延暦寺の様子をつぎのように描写している。

私が東山の北方にあがる異様な煙をみたのは翌日の午後であった。それはかつて私が見たホンデュラスの大密林を焼いた山火事にも似て、黒炎は、見えない現場の火勢を示すように、みるみる中天に巻きあがり、渦巻き、反転し、のたうちながら太陽を暗くとざして、京の町の上空へひろがった。……オルガンティノは町に出て人々をつかまえて訊ねた。

「あの方角には何があるのかね。何が焼けているのかね」

声をかけられた人々は、オルガンティノの青い眼と、黒い服を見ると、おびえたように口をつぐみ、袖をふりきるようにして行ってしまった。最後に一人、年配の肥った商人風の男がオルガンティノを憎々しげな表情で眺め、「あれは延暦寺の堂塔が焼けているんでしょうよ。たしか叡山はこの見当だから。だが、そりゃ、お前がたの仕業じゃないのかい。あいつらがいなければ、寺銭も一段と多くなるからな」と言いすてて立ち去った。

「私」というのが『安土往還記』の主人公で、オルガンティノはイタリア出身のイエズス会の司祭、中部日本の布教長としてながく京都で活躍したひとだ。「ウルガンさま」の愛称で、キリスト教徒ではないひとからも尊敬されていた。信長が延暦寺を焼いたのは元亀二年（一五七二）の秋だった。

## ■漱石が描いた比叡山

夏目漱石の『虞美人草』は比叡山へのぼる場面ではじまる。

「恐ろしい頑固な山だなあ」

「あんなに見えるんだから、訳はない」

「あんなに見えるたって、見えるのは今朝宿を立つ時から見えている。京都へ来て叡山が見えなくちゃ大変だ」

主人公の甲野さんと宗近《むねちか》さんは、のんきな調子の会話をかわしながら比叡山にのぼってゆく。

出町柳から京福電車の八瀬《やせ》ゆきにのって、終点が八瀬の遊園地、遊園地からケーブルカーへ、さらにロープウェイにのりかえるとあっというまに比叡山の頂上につく。延暦寺に参詣し、四方の眺望をたのしんだあとは琵琶湖の風光をながめながら反対側の坂本におりる――自動車をつかわずに比叡山にのぼるなら、これがふつうのコースだ。

甲野さんと宗近さんの比叡登山は明治のおわりごろという設定だから、ケーブルカーもロープウェイもない。だから八瀬から坂道を汗をかきかき、愚痴をいいながらのぼる。

「今日は山端《やまばな》の平八《へいはち》茶屋で一日遊んだほうがよかった。今からのぼったって中途半端になるばかりだ」

坂道につかれ、さきに苦情を言ったのは甲野さんか、宗近さんか。

つかれるのも無理はない、ふたりは三条の旅館からあるきはじめたのだ。

三条の旅館を出て河原町か寺町ぞいに北にむかい、今出川通から東にまがって賀茂大橋をわたり、高野川ぞいの若狭街道（国道367号線）をずんずん北にすすんで八瀬についた。

三条から八瀬まで、二時間はかからないにしても一時間以内ということはない。

山端の平八茶屋をとおりすぎたときにはまだ元気だったが、いまになってみると、なぜあの平八茶屋でやすまなかったのかと、後悔の思いがわいてくる。

若狭の海の産物を京都にはこびこむルートが若狭街道、「魚街道」や「鯖街道」の別名がある。

その若狭街道におおいかぶさるように比叡山のふもとがせりだしている。山が人里に出っぱった様子が「山端」の地名になったようだ。

若狭から魚をはこんできて、この山端までくるれば京まではもう一歩、ひとやすみしようかというひとのために川魚を得意にする平八茶屋があって、いまでも営業している。

旅人だけではなく、京都のひとが仕事をやすんで一日がかりで出かけてあそぶにも山端はてごろだった。「山端の平八茶屋で一日遊んだほうがよかった」という愚痴と反省は、そういう事情を背景にしている。

山端で遊んだほうがよかったといったところで、ふたりはもう山端も八瀬もすぎて登りにかかっているのだから手遅れだ、頂上めざしてのぼるより仕方がない。

「君の様に計画ばかりして一向実行しない男と旅行すると、どこもかしこも見損なって仕舞ふ。連れこそいい迷惑だ」

「君の様に無茶に飛び出されても相手は迷惑だ。第一、人を連れ出して置きながら、何処から登って、何処を見て、何処へ下りるのか見当がつかんぢゃないか」

実行よりも思考に重きをおく甲野さんと、考えるまえに動くのを得意にする宗近さん——性格の相違をあきらかにしながら、ふたりは比叡山の頂上についた。

鏡を延べたと許り《ばか》では飽き足らぬ。琵琶の銘のある鏡の明かなるを忌《い》んで、叡山の天狗共が、宵に偸《ぬす》んだ神酒《みき》の酔いに乗じて、曇れる気息《いき》を一面に吹き掛けた様に——光るものの底に沈んだ上には、野と山にはびこる陽炎を巨人の絵の具皿にあつめて、只一刷に抹《なす》り付けた、瀲灎《れんえん》たる春色が、十里の外に模糊として棚引《たなび》いて居る。

ふたりは琵琶湖側に降りたようだ。比叡登山の章は、つぎのようにおわっている。

山を下りて近江の野に入れば宗近君の世界である。高い、暗い、日のあたらぬ所から、うららかな春の世を、寄り付けぬ遠くに眺めて居るのが甲野さんの世界である。

## ■聖と俗の結界——一乗寺下がり松

山端の西に修学院村、南に一乗寺村があった。最盛期のころの延暦寺には三千をこえる僧坊があえ、そのひとつが修学院だった。そして一乗寺は園城寺《おんじょうじ》の末寺。修学院村も一乗寺村もお寺の名前に由来した地名だ。

修学院はわかるとしても、比叡山の東麓の園城寺の末寺までもここにあったのを考えると、天台宗の勢力の巨大さをはかる手がかりになる。

修学院村も一乗寺村も、そのむかしは比叡山の境内地域だった。神聖な境内地と高野川にはさまれ、わずかにのこされたのが修学院村や一乗寺村だったといえる。

神聖な区域と俗界との境目を結界という。叡電（叡山電車）の一乗寺駅から山のほうにすすむと「一乗寺下がり松」の表示が目にはいるはずだ。松の木が一本、石垣にかこまれて大切にされているのがわかる。これが結界のしるしだったらしい。

一乗寺下がり松。ここから東は神聖な領域

源氏に圧倒された平家が京都をすてて西におちていったころ、この松のあたりでひとつのドラマがあった。御伽草子の『小敦盛《あつもり》』はそのドラマをテーマにしたものだ。

平家の若武者敦盛は一谷《いちのたに》（神戸市兵庫区）で源氏の熊谷直実《くまがいなおざね》に討たれ、一七歳の生涯を閉じる。はなやかで、しかし哀切きわまる敦盛の最期を『平家物語』で読んでおく。

陸のたたかいにやぶれた敦盛は、いまはこれまでとあきらめ、船に乗り込もうとして駒を海にのりいれる。それを見つけた直実が敦盛を呼びもどす――。

「あれは大将軍とこそ見まいらせ候。まさなうも敵にうしろを見せさせたまふものかな。かへさせたまへ」と扇をあげてまねきければ、招かれてとってかへす。汀《みぎわ》にうちあがらむとするところに、おしなべてむずと組んでどうとおち、とっておさへて頸をかかんと甲をおしあふのけて見ければ、年は十六七ばかりなるが、うすげに化粧してかねぐろなり。我が子の小次郎がよはひほどにて、容顔まことに美麗なりければ、いづくに刀を立つべしともおぼえず
……（「敦盛最期」）

直実が、名をなのれば逃がしてやろうといったのを敦盛は拒絶し、首を取られてしまう。敦盛の首を取った直実は勝利の快感にひたるよりも、命のやりとりに日をおくる武士の人生に絶望し、やがて出家してしまう。

さて、討たれた敦盛には京都にのこした愛人があり、すでに彼女は敦盛の子を妊娠していた——というところから御伽草子『小敦盛』がはじまる。

男の子がうまれたが、すでに源氏の世になっている。

いかなるところに預けおき、かたみに見ばやとおぼしめせども、平家の末をば、かたく探し出し、十歳以後は首を斬り、二歳三歳をば水に入れ、七歳八歳をば刺し殺す。人のうえさへ悲しく思ひけるに、みずからこの若君を取られ、憂き目を見んことも悲しきやとおぼしめして、袷《あわせ》にさし巻きて、ゐんたんづかの刀を添へて、泣くなく下が

り松にぞ捨てたまふ。

なぜ、下がり松に子をすてたのか、理由は書かれていない、書く必要がないからだ。下がり松は聖と俗との結界であり、ここから東の奥は比叡山の神聖なる領域なのだ。運がよければ、源氏方に発見されるまえに助けられて神聖な領域に保護されるかもしれない。

もうひとつ、それなら、なぜ、彼女は自分の手で幼児をかかえて聖の領域につれていかないのか、こういう疑問がでてくるだろう。当然の疑問といっていいが、こたえははっきりしている、聖なる領域は女人禁制の掟になっているからだ。だからこそ彼女は、結界のしるしの下がり松の下に愛児をすてて、あとは運にまかせた。

さいわいなことに、法然上人がここを通りかかり、幼児の泣き声を聞いた。だきおこしてみれば、立派な刀が添えてある、ふつうのひとの子でないのは一目瞭然だ。法然上人は幼児をつれて比叡山にかえり、おしえそだてて僧侶に仕上げる。

そのころ、熊谷直実はもう法然《ほうねん》上人の弟子になっている。法然のもとで成長してゆく下がり松の捨て子が、かって自分が一谷で討ち取った敦盛にそっくりな容貌になるのを知り、それがやがて母と子の再会につながった。

『小敦盛』は平家滅亡の鎮魂の書だが、そのほかに、あたらしい仏教としてちからをつけつつある浄土教を礼賛する意味もこめられていた。敦盛は過去のひと、法然上人や熊谷直実、敦盛の遺児はあたらしい時代に生きるひととして役割を分担しているのもそのためだ。

さらにもうひとつ、浄土教の布教の対象として女性が尊敬されていることにも目をむけていただきたい。

結界のなかに足を入れるのはゆるされないが、法然上人が比叡山の聖域の外で説法の座をひらくときには女性の聴聞がゆるされた。聖域にはいれぬ女性のためにこそ法然は比叡山をおり、京のちまたに説法の座をもうけた、このようにも言える。

聴聞の座に敦盛の愛人がまじっていたのだが、彼女の容貌や装いの描写には女性蔑視の姿勢がないどころか、女性の美と魅力をありのままに礼賛している。

青黛《せいたい》のまゆずみ、丹菓《たんか》の唇にほやかに、あやめの姿にて、太液《たいえき》の芙蓉《ふよう》の紅、未央《びおう》の柳の緑、まゆずみにほひきて、はくじゅつのはだへ、蘭麝《らんじゃ》のにほひ、容顔美麗にして、心も心ならず……

女性の美は僧侶の修業をさまたげ、堕落させるものとして、ふるい仏教では罪悪視されるだけだった。

## ■宮本武蔵の決闘場

一乗寺の下がり松の案内板には『小敦盛』のことは説明されていない。そのかわりにというわけでもないが、「宮本武蔵と吉岡憲法の一門が決闘した」ことと、ここが中世の合戦の場であったことの説明がある。近江から比叡山の中腹をこえた軍隊はこの道をとおって京都を攻めた。

吉岡家は足利将軍に剣術を指導していた由緒の家柄だ。吉岡憲法と宮本武蔵の対決はまず武蔵に軍配があがり、憲法の一族が数をたのんで武蔵に復讐戦をいどんだ——ここまでは";はっきりしているらしいが、復讐の場がどこであったか、いろいろの説があるなかで、洛北一乗寺の下がり松だという説を強く印象づけたのが吉川英治の小説『宮本武蔵』だ。

叡山、一乗寺山、如意ヶ岳、すぐ背後の山は皆、まだ動かない雲の懐に深く眠っている。

ここは俗称藪《やぶ》之郷下り松、一乗寺址の田舎道と山道の追分で辻は三つ又にわかれている。……

下り松を中心に、吉岡道場の面々は、月夜蟹のようにさっきからその辺を占めて、「この街道が三つに分かれているので、武蔵がどこから来るかそれが考えものだ。同勢をすべて三手に分けて、途中に伏せ、下り松には名目人の源次郎様に、壬生の源左どの、その他、旗本格として御池十郎左、植田良平殿など、古参方が十名ほどひかえておられたらよろしかろう」（「必殺の地」）

おおぜいの敵がまちかまえている、そこへ単身で切りこんでいってはたして勝算があるのか？　武蔵はそれまでの戦術を一変し、吉岡方の作戦の裏をかいて、みごとに打ち勝つのである。

一乗寺の下がり松のほか、決闘の場として名があがっているのは上京区の、一条通を堀川からすこし東にはいったところだ。ここは平安京の大内裏の東北の隅にあたるから、やはり結界の性格がある。血なまぐさいドラマの舞台にはふさわしい場所だ。

## ■芭蕉と京都

一乗寺の下がり松を右にみて、ななめ左にゆくと石川丈山《いしかわじようざん》の詩仙堂、右に折れてゆくと金福寺《こんぷくじ》になる。案内標識がはっきりしているから、まようことはない。

金福寺には芭蕉庵がある。

松尾芭蕉と交際がふかかった金福寺四世の鉄舟《てつしゆう》和尚が、芭蕉を追悼するために庵をたてた。それが芭蕉庵だが、鉄舟和尚なきあとは荒廃にまかされていたのを与謝蕪村が再建した。

『洛東芭蕉庵再興記』という蕪村の文章がある。みじかいものだが、リズミカルなところがいかにも蕪村の美意識と人柄をおもわせる。

四明山下の西南一乗寺村に禅房あり、金福寺といふ。土人称して芭蕉庵とよぶ。階前より翠微《すいび》に入ること二十歩、一塊の丘あり。すなはちばせを庵の遺蹟なりとぞ。もとより閑寂玄隠の地にして、緑苔やや百年の人跡をうづむといへども、幽篁なを一盧の茶煙をふくむがごとし。

芭蕉と京都の縁はふかくはなかったが、それでも通算すれば五カ月ぐらいの京都ぐらしがあった。

そのころや蕉翁、山城の東西に吟行して、清滝の浪に眼裏の塵を洗ひ、嵐山の雲に代謝の時を感じ、或いは丈山の夏衣に薫風万里の快哉を賦し、長嘯《ちようしよう》の古墳に寒夜独行の鉢たたきを憐み、あるは鷹を着てたれひといますとうちうめかれしより、きのふや霍をぬすまれしと、孤山の風流を奪ひ、大日枝の麓に杖を曳きては、麻のたもとに暁天の霞をはらひ、白河の山越して、湖水一望のうちに杜甫《とほ》が眥《まなじり》を決《さき》、つゐに辛崎の松の朧々たるに、一世の妙境を極め給ひけん。されば都径徊のたよりよければとて、おりおりこの岩阿に憩ひ給ひけるにや。

傍点をつけたのは、京都滞在のあいだの芭蕉の俳句から引用した部分だ。芭蕉庵を再興した蕪村のよろこびの文章であり、芭蕉敬愛のおもいをこめた文章だ。

金福寺をテーマにした芭蕉の有名な俳句があるわけでもないし、金福寺のことを書いた芭蕉の文章もないのだがと、蕪村はことわっている。それだけに芭蕉追慕の気持ちがくっきりとうかんでくる、そういうことが言えるのではなかろうか。

## ■鞍馬街道を行く後白河法皇

さて、こんどは後白河法皇の気分になってもらう。法皇そのものにはなれないが、法皇の気分にはなれる。

『平家物語・灌頂《かんじょう》巻』は長門の壇の浦でとらわれた建礼門院徳子が京都に連行され、釈放されたあと、髪をおろして出家する「女院《にょいん》出家」にはじまる。

円山公園の裏の長楽寺で剃髪出家した徳子は、やがて洛北大原の寂光院にうつった。ここが生涯の最後の、しかし、かがやかしい舞台になる。寂光院にうつったのは文治元年

（一一八五）九月の末だった。

　空かきくもり、いつしかうちしぐれつつ、鹿の音かすかにをとづれて、虫の恨みもたえだえなり。とにかくにとりあつめたる御心ぼそさ、たとへやるべきかたもなし。浦づたひ嶋づたひせし時も、さすがかくはなかりしものをと、おぼしめしこそかなしけれ。岩に苔むしてさびたる所なりければ、住ままほしうぞおぼしめす。

大原にちかづくにつれて寂しさがます情景描写は、そのまま徳子の心象風景とかさなっている。

大原寂光院の徳子に逢いたい――後白河法皇が決意したのは翌年の春のことだ。おしのびの行幸とあって、ほんのわずかの供をつれて鞍馬街道から大原にむかう。

そこで、洛北の地図をひらいてみて、「大原にゆくのに、なぜ鞍馬街道をゆくのか？」という疑問にぶっつかるひとがあればすばらしい。

寺町通と今出川通の交差点――同志社大学のやや東――に大原口道標の大きな石碑を見ることができる。このあたりは平安京の東北の隅にあたり、八瀬や大原をとおって若狭にぬける若狭街道の出発点だ。

だから法皇も、この大原口から出て寂光院にゆくのが順路のはずだ。それなのに、なぜわざわざ鞍馬街道なんていう裏道を遠まわりして大原にむかったのか？

——若狭街道ではなく、鞍馬街道をゆくのか、仕方はあるまいな。

法皇の気分はこういったところだったろうとおもわれる、あきらめの気分だ。

平家が滅亡したいま、法皇としては嫌でも源氏の顔色をうかがって行動しなければならない。若狭街道をゆくとなると、大原寂光院に徳子をおとずれるのを堂々と宣言することになってしまい、これは源氏としてゆるせるものではない。

大原御幸は隠せないが、若狭街道ではなく鞍馬街道をゆき、「大原なんて、とんでもない。ただの鞍馬寺参詣なんだよ」という体裁をとっておけば源氏にたいする遠慮の姿勢をしめしたことになる、そういう判断から法皇はわざわざ裏道の鞍馬街道をとおって大原をおとずれたわけだ。

出雲路橋で賀茂川をわたって下鴨にぬけ、岩倉から市原をとおってようやく大原に出る山道が鞍馬街道ルートだ。地図をみれば、どんなに遠まわりのルートであるか、すぐにわかる。それもこれも源氏にたいする遠慮の姿勢、仕方はない。

寂光院。出家した建礼門院徳子が晩年を過ごす

■深山《みやま》の奥に住まいして

法皇の、「仕方はない」という気分が『平家物語』の「鞍馬どおりの御幸なれば」というみじかい文章ににじみでている。大原寂光院の徳子に逢うためなら、くやしい思いぐらいは耐えられる、耐えねばならないと、歯をくいしばる思いなのだ。

鞍馬どおりの御幸なれば……遠山にかかる白雲は、散りにし花のかたみなり。青葉に見ゆる梢には、春の名残ぞおしまれるころは卯月廿日《うづきはつか》あまりのことなれば、夏草のしげみが末を分けいらせたまふに、はじめたる御幸なれば、御覧じなれたるかたもなし。人跡たえたほどもおぼしめししられて哀なり。

徳子の姿はみえない。ちかくの山に花を摘みにいらっしゃったと徳子につかえる老尼がこたえた。

徳子のかえりをまつ法皇の目に藤の花がうつる。桜の花は散りはて、いまは藤の季節になっている。それが平家と源氏の、あわただしい交代のように思えた。

池水の　みぎはの桜　散りしきて
　なみの花こそ　さかりなりけれ

しばらくして姿をあらわした徳子の、返しの歌。

おもひきや　深山の奥に住まいして
　雲居の月を　よそに見んとは

あわただしく過ぎていった月日を思うにつけても、一生のうちに六道をかけめぐったかのように思う徳子だった。

## ■牛若丸の修行

建礼門院徳子が晩年をおくった大原、牛若丸のころの源義経が平家打倒をめざして天狗に武芸をならっていた鞍馬——大原と鞍馬のあいだはそれほど遠くではないが、北山の山塊にはさまれているから別世界の感じだったろう。

牛若丸は平家の捜索をのがれて鞍馬山にかくれ、鞍馬の奥の貴船《きふね》明神に参詣して平家打倒を誓ったあとは、武芸の修業にあけくれている。

四方の草木をば平家の一類となづけ、大木二本ありけるを、一本をば清盛となづけ、太刀をぬきてさんざんに切り、ふところより毬杖《ぎつちよう》の玉のようなるものをとりだし、木の枝にかけてひとつをば重盛が首となづけ、ひとつをば清盛が首とてかけられける。（『義経記』）

鞍馬寺と貴船とのあいだの深く暗い谷が僧正ヶ谷だ。杉の巨木が空をおおい、巨木の根が地から露出して、ものすごい雰囲気になっている。杉の巨木をつたって天狗がおりてきて牛若丸に武芸をおしえたという伝説の気分がたっぷりだ。

人間よりは天狗が似合う僧正ヶ谷は、春から秋にはてごろなハイキング・コースとして人気がある。鞍馬寺から貴船明神まで、ゆっくりあるいて二時間。どっちからでもかまわないが、京都のひとに相談すれば百人のうち九十九人までは鞍馬から貴船にぬけるのを推薦するだろう。

こころよい疲労感にひたりながら帰りの電車を待つ。叡山電車鞍馬線の貴船口駅はプラ

貴船口駅（叡山電車鞍馬線）

ットフォームが高架になっている。鞍馬からやってくる電車が緑のトンネルをぬけてあらわれ、これまた緑のなかにうかんでいる貴船口駅にちかづいてくる。すばしらい光景のなかに自分がいるのが信じられない、そういって感激するひとがおおい。

## ■「祭りのかへさ見るとて」

祭りのかへさ見るとて、雲林院・知足院などのまへに車を立てたれば、ほととぎすもしのばぬにやあらん、鳴くに、いとようまねび似せて、木だかき木どもの中に、もろ声に鳴きたるこそ、さすがにおかしけれ。（『枕草子』三八段）

『枕草子』三八段のテーマは鳥だ。「鳥は、こと所の鳥なれど、鸚鵡《おうむ》、いとあはれなり」と、外国からわたってきた鸚鵡がひとの声をまねるのを称賛するのにはじまり、山鳥・鶴・雀・斑鳩《いかるが》の雄鳥・鷺《さぎ》とつづいたあとに鶯《うぐいす》が登場する。

「祭りのかへさ見るとて……」にはじまる節の主人公は鶯なのだが、鶯によせる清少納言の気持ちは裏が表になり、かとおもうと表が裏になるといった具合で、なかなか複雑な構成になっている。

たくさんの歌や詩、文章に鶯の声と姿のうつくしさが称賛されている。それはそうだろうと彼女もおもうのだが、それにしては「九重のうちに鳴かぬ」のはおかしいではないかと、まず不審の気がおきる。「九重」とは宮中、宮廷のこと、つまり清少納言が日常をおくる世界のことだ。

たまの日に宮廷の外へ出てみると、やかましいばかりの鶯の声がきこえる——なにも、こんなところで鳴かなくてもいいものを！

鳶《とび》や烏《からす》ならば、これほどに気をつかわないはず、鶯だからこそと思うから、いよいよ複雑な気分になってしまう——ここで調子が変わり、「祭りのかへさ見るとて」につづく。

「祭り」とは賀茂社（上賀茂神社と下鴨神社）の祭り、いまでは「葵祭」の名のほうがポピュラーで、五月十五日におこなわれる。

欽明天皇（五三二〜五七二）のころにはじまった祭りだという伝承があるから、ふるいことはふるい。山城国に都がうつってくるなどとは、だれも予想していなかったころだ。山城国の国祭として規模がおおきくなり、平安京ができるのと同時に勅祭——朝廷から天皇の使者が派遣される祭りになった。このころの勅祭といえば山城の石清水祭（京都府南部の八幡市）、大和奈良の春日祭、そしてこの賀茂祭の三大勅祭だ。

ただ「祭り」といえば賀茂祭のこと、石清水祭や春日祭との混乱はありえない。

その「祭りのかへさ」とは賀茂社の儀式の翌日、祭りの主役の斎王が斎院にかえる儀式のことで、「還立《かえりだち》」の別名もあった。

斎王がおかえりになるのを拝見しようと、はしゃぐ気持ちで官女たちが待っていると、ほととぎすも歓迎の気持ちをおさえられないのか、鳴きだした。すると、ほととぎすに合わせて鶯が鳴いた。

——宮廷では鳴かない鶯も、うつくしく、神々しい斎王さまのお姿をみれば鳴かずにはいられなくなる、それで当然なのよ！

## ■斎王が往復する葵祭

清少納言たちが斎王の帰りを胸はずませて待っていた、その場所はどこかというと、京都にすんでいるひとたちでさえ錯覚して、賀茂川の岸の道を思うかもしれない。いまの賀茂祭の行列は賀茂川の流れに沿って下鴨神社から上賀茂神社へと向かうようになっているそこからくる錯覚だ。

彼女たちは大徳寺や船岡山のあたり、紫野とよばれるところで「祭りのかへさ」を見物していた。船岡山の東の麓に雲林院町という地名がのこっている。清少納言が「雲林院や知足院などのまへに」と言っているのがこれだ。

このころ、大徳寺はまだ姿をみせていない。雲林院のはじめは淳和天皇（八二三～八三三）の離宮としてつくられた紫野院で、しばらくして雲林院という寺になった。一時は百塔巡礼地のひとつとしてさかえたが、やがて荒廃し、後醍醐天皇によって敷地全体が宗峰《しゆうほう》妙超《みようちよう》に寄進されて大徳寺になったのが元亨四年（一三二四）のことだ。

清少納言が『枕草子』を書いていたのは雲林院がおとろえかかっていた時期である。紫野の名のとおりのしずかなところだから、鶯にとっては、いつもざわめいている宮廷よりも好ましかったにちがいない。

さて、鶯のことは解決がついたとして、なぜ彼女たちはここで「祭りのかへさ」を待っていたのか？

賀茂の斎王の住まいの斎院がこのあたりにあったからだ。

皇室の神――アマテラスをまつる伊勢神宮と、京都のもっとも重要な神社の賀茂社にたいして皇室は格別に尊敬する姿勢をとっていた。天皇自身がいつも神に奉仕すべきだが、実際には不可能だから天皇のかわりに皇女が奉仕する、それを斎王といった。

区別の必要があるときは伊勢の斎王を斎宮、賀茂の斎王を斎院といい、住まいと役所をあわせてそれぞれ斎宮、斎院と呼んでいた。

斎宮の住まい、つまり斎宮は伊勢神宮のすこし西、近鉄山田線の斎宮駅のちかくにあった。いまでは立派な斎宮博物館がつくられている、神宮参詣の時間を割いての見学をぜひともおすすめする。

賀茂斎院の跡地ははっきりしていなかったが、上京区の上《かみ》御霊前《ごりょうまえ》通と智恵光院《ちえこういん》通が交差する社横町《やしろよこちょう》の櫟谷七野《いちいだにななの》神社境内に、二〇〇一年、「賀茂斎院跡地」の碑がたてられた。

伊勢の斎宮は規模もおおきく予算も巨額、斎宮自身が俗世間に姿をみせることもほとんどなく、ひたすら天照大神への奉仕につとめていた。斎宮にきまった皇女はまず郊外の嵯峨の野宮《ののみや》で三年間もの精進潔斎をつとめ、四年目になってはじめて伊勢に赴任するという大仕掛け、神秘的なものだった。

それとちがい、賀茂の斎王は宮廷にちかいせいもあって世間との交際もひろく、さかんだったといわれる。天皇はいうまでもなく、そもそも皇族というものは世間に姿をあらわさないものだが、そのなかで賀茂の斎王だけはひろい世間のなかに生きていたと言える。

その斎王が初夏の陽光をあびて斎院と賀茂社のあいだを往復する賀茂祭——清少納言ならずとも楽しく、浮かれた気分になるのは無理もない。

いまの賀茂祭には斎王は登場しないが、市民からえらばれる若い女性が斎王代として祭りの主役をつとめる。初夏の京都の主役が賀茂祭の斎王代、盛夏の主役が祇園祭の長刀鉾《なぎなたぼこ》に乗る稚児だ。

## ■下鴨神社と鴨長明——『方丈記』

賀茂祭は賀茂社の夏の祭り、そして賀茂社とは賀茂（加茂）一族の氏神をまつる社で、かなりふるくから賀茂別《かもわけ》雷《いかづち》神社（上賀茂神社）と賀茂御祖《みおや》神社（下鴨神社）とに分れていたらしい。

賀茂地区は高野川と賀茂川にはさまれた三角地帯だ。賀茂大橋から北をみると、賀茂が三角地帯であるのが実感される。

二本の川にはさまれていれば、川の恩恵と脅威と、ふたつのちからを実感せざるをえないはずだ。

鴨《かもの》長明《ちょうめい》が『方丈記』を、水にたいする深い思いから書きはじめた理由は、まさにここにあったにちがいない。

ゆく河の流れは絶えずして、しかも、もとの水にあらず。淀みに浮かぶうたかたは、かつ消え、かつ結びて、ひさしくとどまりたる例《ためし》なし。世の中にある人と栖《すみか》と、またかくのごとし。

長明が「河―川」というとき、それは抽象ではなくて具体的な、じっさいの川、賀茂川をさしている。賀茂川の水の恩恵をたたえ、水の脅威から住民をまもって祈る賀茂社、その賀茂社の社家にうまれたのが鴨長明だ。

神官の職を世襲する家柄を社家《しゃけ》といっていた。賀茂社の場合には鴨脚《いちょう》・梨木・松下そして鴨氏などが社家だ。賀茂社の社家で鴨を姓としているのだから、賀茂一族の本流、または本流にちかい家柄であったといえる。

賀茂川と高野川の合流

長明の父の長継《ながつぐ》は下鴨神社の神官のナンバーワン、禰宜《ねぎ》をつとめていた。長明は次男だから、父のあとをつぐことはできない。そこで祖母の家をついだ。六歳のころに従五位下の位をうけて南太夫、菊太夫と名乗っていた。

天皇の臣下として従五位下の位をうけ、子供ながらも立派な名乗りをもっている、いずれは賀茂社家の主人としてのはなやかな生涯が約束されていた。

皇室を代表して賀茂の神につかえるのが斎院だとすると、京都の住民を代表して賀茂の神に奉仕するのが社家だ。社家というものはそれほど重要な地位にある。

下鴨神社の南には石垣と掘割をめぐらせた

豪勢な家がならんでいる、かっての社家の建物だ。そういう家の一軒でそだち、将来の夢をふくらせていたのが少年時代の長明だった。

その夢が一瞬にしてつぶれた。二十歳のときに父の長継が急死し、祖母の家にも複雑な事情があって、長明が社家の世界で生きてゆく途はとざされてしまった。

なんとかならないかと、あれこれ手をつくし、どうにもならないとあきらめるまでに十年かかった。学問と歌のプロフェッショナルとして生きる決意はかためたものの、さしづめの当惑は住む家のこと、妻子とも別れて最初の仕事が住まい探しになった。

三十あまりにして、さらに我が心と、一つの庵をむすぶ。これをありし住まいにならぶるに、十分が一なり。

居屋ばかりをかまえて、はかばかしく屋をつくるにはおよばず。わずかに築地をつけりといえども、門をたつるたづきなし。竹を柱として車をやどせり。雪降り、風吹くごとにあやふからずしもあらず。ところ、河原ちかければ水の難も深く、白波のおそれもさわがし。

南大路の豪勢な社家の住まいから追いだされ、賀茂川の岸辺の、もともと人間が住むには適しないところに新築した。門はないが築地はあったから、掘っ建て小屋よりはかなり上等だ。ただし、賀茂川のほんのわずかの増水でも流されてしまうおそれがある。

それから先の長明の人生は「おりおりの違いめ」の連続で、すむべき家もあっちこっちに変わり、変わるたびにちいさくなって、ついには京都南郊の日野の里の山の斜面、一丈四方の文字どおりの方丈になってしまう。

一丈は三メートルだから、ひろさは九平方メートル、坪にして二坪と三坪のあいだ、それでも生きられるものだという心境になってから書きはじめた——「ゆく河の流れは絶えずして、しかも、もとの水にあらず」。

## ■夢の浮橋

青雲をふみはずした鴨長明だが、救いの手をさしのべてくれるひとがいなかったわけではない。長明の歌の才を愛していた後鳥羽法皇もそのひとりで、河合神社の禰宜に欠員ができたとしるると、さっそく名案をだした——鴨長明を後任にすればよいではないか、と。

河合神社は下鴨神社の摂社のひとつで、下鴨神社のひろい境内の南の区域にある。正式には小社宅《おこそべ》神社というが、高野川と賀茂川の合流点にちかいから「河合神社」が通称になった。

河合神社。鴨長明の庵が再現されている（右手前）

河合神社の禰宜の職は下賀茂神社禰宜になるためには不可欠なステップだった。いいかえると、長明が河合神社禰宜になると、そのつぎには下賀茂神社の禰宜になる可能性がひらけて、長男相続のしきたりが変えられる。鴨一族はこぞって反対にたちあがり、後鳥羽法皇の権威をもってしても、どうにもならない事態になった。

長明が神官の世界と絶縁する決意をかためたのはこのときだ。住みなれた賀茂の地をはなれ、放浪がはじまる。

河合神社は長明の恨みをのこしている。

その河合神社の南の、せまい道を東にすすむと小川をわたる。このあたりは泉川町、下鴨神社の神域と民家がとなりあっていて、うらやましい環境の住宅街だ。

谷崎潤一郎は昭和の戦争のあと、この泉川町に住んで、かずかずの作品を書いた。『夢の浮橋』も下鴨時代の作品のひとつで、主人公の「私」の住まいの「五位庵」でくりひろげられる優雅な暮らしが描写される。

五位庵の場所は、糺《ただす》の森を西から東へ横切ったところにある下鴨神社の社殿を左に見て、森の中の小径を少し行くと、小川にかけた幅の狭い石の橋があって、それを渡れば五位庵の門の前に出る。新古今集所載鴨長明の歌に、

石川やせみの小川の清ければ
　月も流れをたづねてぞ澄む

とあるのは、この石橋を下を流れる小川のことだと土地の人は云っているけれども、この説にはいささか疑問がある。
主人公の父が亡くなる場面に「夢の浮橋」という言葉が出てくる
父はその翌日から尿が止まり、尿毒症の症状を呈した。食物も全く通らなくなり、意識が混濁し、ときどき訳の分からない譫言《うわごと》を云った。さうなってから三日間ばかり、十月のはじめまで生きてゐたが、譫言の中で私達にどうにかかうにか聞き取れたの

は、

「茅渟《ちぬ》」

と、母の名を呼ぶ声と、とぎれとぎれに、

「ゆめの……ゆめの……」

と云ったり、

「……うきはし……うきはし……」

と云ったりする声であった。それが私の聞くことを得た父の最後の言葉であった。

父のうわごとの「ゆめのうきはし」が「五位庵の前の小川にかかる橋」をさしているのか、どうか？

京都で「夢の浮橋」といえば、ふつうは泉涌寺《せんにゆうじ》の長い参道が一之橋川をわたる大路橋（落橋）。泉涌寺参道は今熊野観音寺にお参りする道でもあったから、この橋をわたれば観音さまのお側にゆける——あの世に行けるという信仰があった。つまり「夢の浮橋をわたる」とは死ぬことの別称でもあったわけだ。

『源氏物語』の最後の章には「夢の浮橋」という名がついているが、本文に「夢の浮橋」という橋が登場してくるわけではない。ヒロイン浮舟の生死が問題になっているところから「夢の浮橋」の名になったのだろう。

## ■大徳寺――一休さんと利休

葵祭の日に清少納言たちが斎王行列をまちうけていたあたり、紫野の雲林院の跡地がいまは大徳寺の広大な境内になっている。

大徳寺というと一休さんが有名だ。一休和尚（宗純）は大徳寺に住んだことはないが、四十七世の住持として、応仁の乱で全焼した大徳寺を再建した。

それならば一休さんと大徳寺の関係はうすいのかというと、そうではない。一休ほど大徳寺にふさわしい禅僧はなかった。

鎌倉幕府は臨済宗にたいして五山十刹《さつ》の官寺の制度をおしつけた。五プラス十、あわせて十五の寺院のランキングを指定し、手厚い保護をくわえるかわりに、たえずランキングをいれかえて競争させ、幕府にたいする忠誠の姿勢を持たせる。

大徳寺は南禅寺とともに五山の第一位とされた。しかし室町幕府ができるとつぎつぎとランクを下げられ、五山の下の十刹の第九位になってしまう。寺院としての勢いもおとろえてしまい、ついに養叟宗頤《ようそうそうい》のときに決意して五山十刹からはずれ、林下《りんげ》という在野の禅寺になった。

幕府の保護はうけないぞという在野精神、それが大徳寺の真骨頂だ。さまざまの奇行のエピソードにあふれる一休こそ、その在野精神のシンボルだ。

一休が大徳寺を再建したときにはもっぱら堺の商人たちの援助をうけた。その関係で茶道の千利休も大徳寺を援助しつづけた。

利休は豊臣秀吉の茶頭《さどう》という高い地位にあったが、秀吉が専制権力者の道をのぼりつめ、かたや利休が侘茶の道をきわめてゆくにつれてふたりの仲が険悪になり、ついに秀吉は利休を切腹させる惨劇に突入してしまう。

秀吉と利休の対立の原因はどういう次第であったのか、本人たちにもわからないうちにのっぴきならない状況になってしまった、そういうものだったかもしれない。対立の底に大徳寺の在野精神があったと考えると、いくらか真相にちかづけるのではないだろうか。

野上彌生子《のがみやえこ》の小説『秀吉と利休』では、悲劇をまえにして利休が大徳寺をおとずれる場面が書かれる。

たえず雲雀のこゑがする。といふより、暖かく晴れた青い空気のこまかい震へのやうにひびく空の彼方に、鞍馬、貴船の山々が見わたされ、ほどよい中景になって、一帯の展望に大和絵ふうな風趣を加へるのは、加茂川ぞひの松並木である。ひと頃は紫野にも住まった利休は、このあたりの眺めを愉しんだ。

一休が再建した大徳寺の三門は本格的なものではなかった。伝統にしたがえば禅寺の三門は荘重な印象をあたえる重層構造でなければならない。自分が費用を出して重層構造の三門を寄進しよう——利休の決意が秀吉との対立、そして悲劇の幕をひらくことになる。

秀吉の怒りをまねくのではなかろうか——そんな心配がないではなかったが、自由でありたいという気持ちが決断させた。

三門改修のもくろみは、それこそ湯にも茶にも関係はない。したがって秀吉であろうと、誰であろうと、口だし、手だしをさせないですむところにひそかな自由感があり、この仕事への執心も、ひとつはそれによって掻きたてられた點《てん》がなくはなかった。

完成した重層の三門には、利休の木像が置かれることになった。寿像《じゅぞう》である。

利休はこのとき、自分が切腹させられることも、切腹した身体から頭が切りはなされて堀川一条の戻橋のたもとに晒《さら》されることも、大徳寺三門の寿像がひきおろされて、おなじく戻橋で晒しものになり、自分の首をふみつけることも、知るはずはない。

だが、予感というものはあったかもしれない。『秀吉と利休』では、できあがった自分の寿像を前にした利休の感想がのべられる。

たしかにそれは利休でありながら、利休ではなかった。……利休は息をこめておし黙ったまま、床の間の自分であり、自分でないものから眼を放たなかった。そのあひだのややしばらく世のつねの時間とはちがったものが部屋をみたして、寂寞《せきばく》と流れた。

利休が寄進した三門は「金毛閣」と名づけられた。もちろんいまは、利休の寿像はおかれていない。

## ■世界の美、金閣寺

「幼時から父は、私によく、金閣のことを語った」

三島由紀夫の小説『金閣寺』は、こういう書き出しだ。

はげしい、むごい戦争がおわって四年目の昭和二十四年（一九四九）に奈良の法隆寺の金堂が失火で焼けて、貴重な壁画がうしなわれた。その翌年に京都の金閣寺が放火によって全焼してしまった。

美にたいする嫉妬から火をつけた――放火容疑で逮捕された少年僧は、このように語った。

小説『金閣寺』の主人公は、金閣寺の美とのあらそいに命をかける。

私が人生で最初にぶっつかった難問は、美ということだったと言っても過言ではない。父は田舎の素朴な僧侶で、語彙も乏しく、ただ『金閣寺ほど美しいものは此世にない』と私に教えた。私には自分の未知のところに、すでに美というものが存在しているという考えに、不満と焦燥を覚えずにはいられなかった。美がたしかにそこに存在しているならば、私という存在は美から疎外されたものなのだ。

金閣寺なんか美しくない、そう言いきるひとが意外におおい。キンピカという言葉を絵にかいたようなもの、その典型が金閣寺ではないかといった理由があるのだろう。

こういう意見の底には、京都の美の基準は「しずか」や「ひかえめ」というところにあるといった確信があるようだ。「しずか」や「ひかえめ」が京都の美の基準ならば、たしかに、キンピカ金閣寺の出る幕はないということになるのだが――。

西大路通を北上して北大路、そのひとつ手前を西（左）にゆくと金閣寺だ。

金閣寺は洛北にあるとするのか、洛西なのか――迷いはじめるときりがないようにおもうかもしれないが、金閣寺の正式な名称を知れば迷うことはない。北山鹿苑寺《ろくおんじ》というのが正式な名称だから北山つまり洛北にある。

室町幕府三代将軍の足利義満《あしかがよしみつ》が北山殿をたて、義満の死後に鹿苑寺という寺になった。北山殿の舎利殿が金閣で、鹿苑寺にもうけつがれ、いまでは通称の金閣寺のほうが有名になっている。

義満は将軍であることにも、天皇の臣下の最高の位置の太政大臣であることにも、どちらにも満足するつもりはなかった。

その上は天皇や上皇だが、将軍や太政大臣が天皇になれるはずはない。そこで義満はみずから「日本国王」と名乗った。天皇も将軍も超越する最高権力者になったという自負が「日本国王」の名乗りにしめされている。

中国の明《みん》の皇帝にたいして「日本国王」の肩書で書信をおくり、皇帝からはおなじ肩書の返書がきた。だから義満は、自分が日本国王であることは国際的に認知されたと確信していた。

日本の国王にふさわしい住まいと役所をかねあわせるものとしてつくったのが北山殿であった。明の皇帝の使者をむかえてもはずかしくない、最高の建築物をつくったという意識もあったろう。

このころの明は世界最大の帝国だった。美の基準も明にある、ということになる。義満の北山殿は世界の美の基準を相手にしていたのだから、日本的な美の基準にははじめから合うはずがない。

『金閣寺』の主人公の「私」が挑んだのは、そういう美であった。負けそうになる気持ちをふるいたたせ、金閣寺の美にたいする挑戦を宣言する。

ほとんど呪詛に近い調子で、私は金閣にむかって、生れてはじめて次のように荒々しく呼びかけた。

「いつかきっとお前を支配してやる。二度と私の邪魔をしに来ないように、いつかは必ずお前をわがものにしてやるぞ」

声はうつろに深夜の鏡湖池に谺《こだま》した。

義満の没後に北山殿は禅寺の鹿苑寺になったが、応仁の乱で焼けてしまった。舎利殿の金閣だけは焼失をまぬかれたが、昭和二十四年に放火されて全焼し、復元再建には五年の時間がかかった。

## ■『古都』と北山杉

北山のひろさ、深さは京都に住んでいるひとにも想像がつかないという。京都から北山を見たり、考えたりする、それがそもそもの間違いなのかもしれない。広大な北山山系の端のほうで、ちょろちょろとうごめいてきた人間のいとなみ、それを京都の歴史とか文化といっているだけなのかもしれない。

北山は川端康成の小説『古都』で俄然有名になった印象がある。それまでが無名だったわけでもないが、この作品の影響で京都の北山は全国区の地名になった。

山は高くも、そう深くもない。山のいただきにも、ととのってならぶ、杉の幹の一本一本が、見上げられるほどである。数奇屋《すきや》普請に使われる杉だから、その林相も数奇屋風なながめと言えるだろうか。

ただ、清滝川の両岸の山は急で、狭く谷に落ちている。雨の量が多くて、日のさすことの少ないのが、杉丸太の銘木の育つ一つの原因ともいう。風も自然にふせげているのだろう。強い風にあたると、新しい年輪のなかのやわらかみから、ゆがんだりするらしい。

北山杉のように、まっすぐな人間、それがこの小説のテーマだ。気の遠くなるほどの手間ひまをかけて、ただひたすら垂直にそだてた杉を伐採して、こんどは白砂と冷たい水で真っ白に洗い上げる——北山の磨丸太のふるさとは清滝川と水谷川が合流する北区の小野郷が中心だ。

周山《しゅうざん》街道（162号線）の「小野下ノ町」に北山グリーンガーデンに北山杉の資料館があり、小説『古都』の記念碑もたっている。

北山だけが『古都』の舞台というわけではなく、京都の名所旧跡や年中行事がつぎからつぎへと登場してくるから、これは「京都めぐり」の小説だともいえる。

たとえば祇園祭——

祇園祭は、七月十七日の山鉾巡行の一日と、遠い地方からの見物の人たちは、思いがちであるかもしれない。せいぜい、十六日夜の宵山に来る。

しかし、祇園祭のじっさいの祭事は、まず七月いっぱいつづいているのである（中略）

稚児《ちご》が神に位をさずかるのを、稚児が神と婚礼にたとえたこともあった。

「そんなん、けったいや。ぼく、男やんか。」と、水木真一も稚児にされた時、言ったものだった。

この作品は昭和三十六年（一九六一）から新聞に連載されたものだ。新聞に連載のあいだ、川端は京言葉の使い方に不安と不満をもっていたようだが、単行本にするときに全面的にあらためた。

京都のひとにたのんで直してもらった。会話の全体にわたって懇切丁寧な修正の加えられて来たのを見て、これは容易ではない煩労をかけたと思ったが、第一の難点の京言葉が改まって私は安心した。（「あとがき」）

作者の説明を予備知識にしてあらためて読んでみると、たとえば

北山杉のまっすぐに、きれいに立っているのをながめると、うちは心が、すうっとする。杉まで行っとくれやすか。もみじより、北山杉が見とうなったわ。

京都のひと、とくに女のひとの言葉づかいはやわらかい、なよなよしているといった印象があるかもしれないが、それは一面的な見方だということを言っておきたい。

主人公の千重子のこの言葉などは、歯切れのいい、きっぱりした調子で言わなければ気持ちを表現できない。

# 第3章

# 洛中

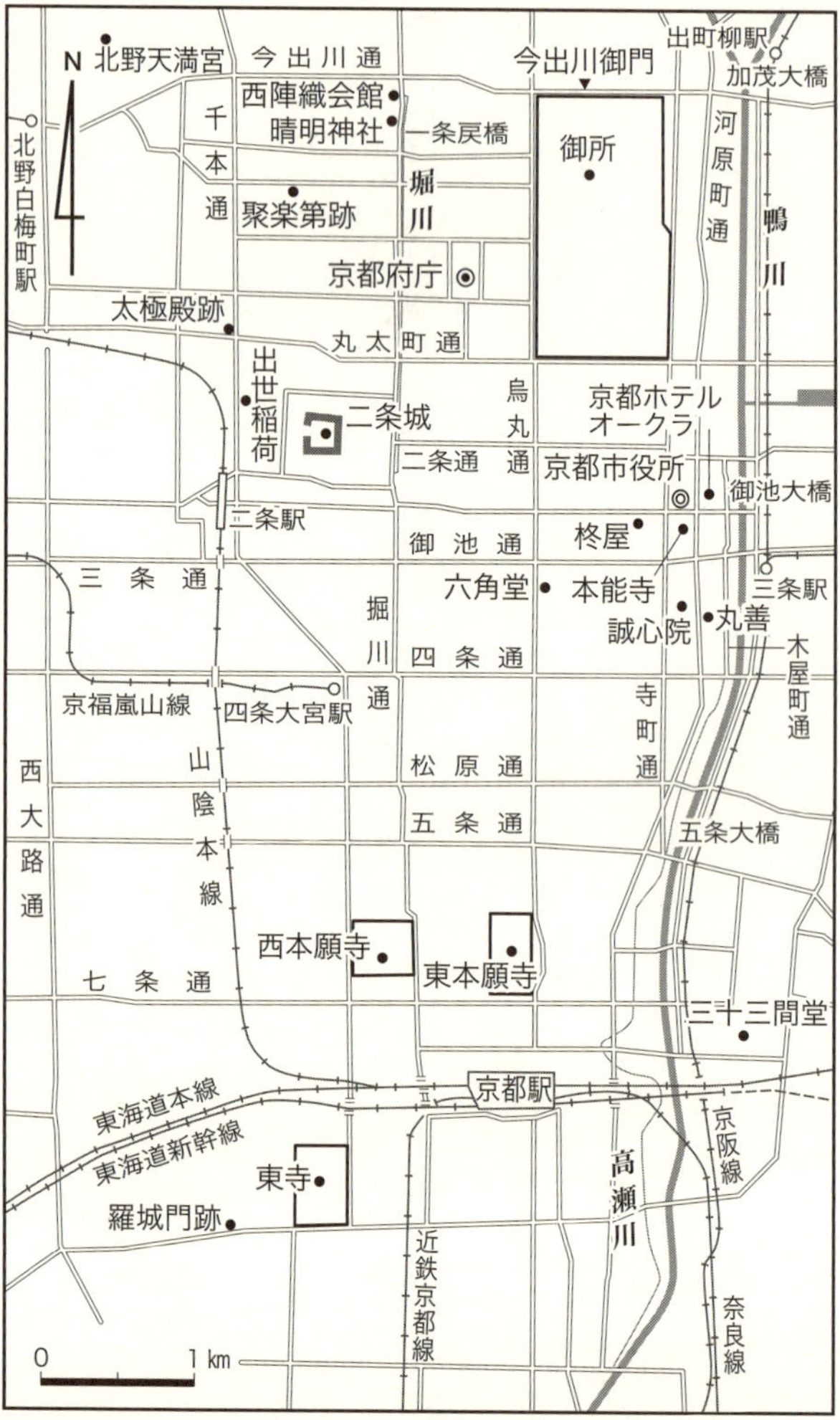
N
北野天満宮
今出川通
出町柳駅
今出川御門
加茂大橋
北野白梅町駅
西陣織会館
晴明神社
一条戻橋
千本通
河原町通
御所
堀川
聚楽第跡
鴨川
京都府庁
太極殿跡
丸太町通
出世稲荷
烏丸通
京都ホテルオークラ
二条城
二条通
京都市役所
御池大橋
二条駅
柊屋
御池通
三条通
六角堂
本能寺
三条駅
誠心院
丸善
堀川通
四条通
木屋町通
京福嵐山線
四条大宮駅
寺町通
山陰本線
松原通
西大路通
五条通
五条大橋
西本願寺
東本願寺
七条通
三十三間堂
京都駅
東海道本線
東海道新幹線
京阪線
東寺
高瀬川
羅城門跡
近鉄京都線
奈良線
0
1 km

## ■京のヘソ

洛中――京都の中央部の、そのまた中心というと、どこか？
「京のヘソ」だと自他ともにみとめているところがあるから、そこへ行ってみる。
烏丸《からすま》通の三条からひとつ南の六角通を東へゆくと六角堂がある。これが「京のヘソ」といわれ、境内に「京のヘソ石」という石が埋めこまれている。ヘソ石があるのだから京都の中心にちがいない。

ただしい名は頂法寺《ちょうほうじ》だが、六角堂のほうがはるかにポピュラーだ。
華道の池坊《いけのぼう》の家元があるところだ。ついでに言っておくと、お華の池坊はあくまで「池坊」であって、決して「池坊流」とはいわない。流派とは本家本元から枝分かれしたもののこと、枝分かれではない池坊を「池坊流」ということはありえない。

六角堂頂法寺の本尊は如意輪観音だ。洛陽三十三所観音の第一番、西国三十三所観音の第十八番という由緒をほこり、歌謡集『梁塵秘抄』では、こう歌われている。

〽観音験《しるし》を見する寺、清水石山長谷の御山、粉河、近江なる彦
　根山、間近く見ゆるは六角堂

清水寺は別格として、京都市内で清水寺のつぎの観音の霊地はこの六角堂だとされてい

京のヘソ石。六角堂の境内にある

たのがわかる。

観音さまにお参りしたいが、いまちょっといそがしくって、というときにはすぐに駈けつけられる観音さま、それが六角堂だった。「京のヘソ」の感じが出ているではないか。

朝廷が飛鳥にあったころ、聖徳太子が四天王寺をたてる材料をもとめて山背国《やましろ》にやってきた。山城国という表記はまだなくて、山の陰にある国だから山背国と書かれていた、そのころのはなしだ。

水をあびるあいだ、太子は持仏の如意輪観音を池のそばの木の枝にかけておいた。水浴してさっぱりした太子が観音を枝からとろうとするが、どうしてもはずれない。ここに留まりたいという観音の霊験だと察した太子は小堂をたてた、これが六角堂の縁起だ。

太古のころ、このあたりは水底だった。水が引いてくると、あちこちに池や水溜まり、ちいさな流れがのこる、平安京はそういうなかでつくられた。六角堂の池や、二条城の南の神泉苑はそのなごりだ。

聖徳太子と如意輪観音、そして池坊の立花《りっか》が水のイメージを共有しているのに注意してほしい。

戦乱がおきると六角堂の鐘がうち鳴らされて町衆があつまり、武士の乱暴から暮らしと財産をまもる方策を協議した。町衆団結のセンター――六角堂が京都の中心だというのはこの歴史にも由来している。

## ■二条駅と平安京

『虞美人草』の主人公、甲野さんと宗近さんは二条駅から汽車に乗って、嵐山や嵯峨野の花を見てまわる。

二条から半時毎に花時を空《あだ》にするなと仕立てる汽車が、今着いた許《ばか》りの好男子好女子を悉《ことごと》く嵐山の花に向かって吐き送る。

「美しいな」と宗近君はもう天下の大勢を忘れている。京程に女の綺羅を飾る所はない。天下の大勢も、京女の色には叶わぬ。

ふたりは三条の蔦屋《つたや》という旅館に泊まっていた。三条の蔦屋から二条駅まであるき、京都鉄道の汽車にのった。

二条駅はもちろん京都鉄道の開業のときからあったが、本社社屋をかねた木造二階建ての駅舎は明治三十七年の建築、いまは京都駅に近い京都鉄道博物館に公開展示されている。

左右対称の駅舎を見て、どこかで見たことがあるような、と気づくひとはするどいセンスの持主だ。黒と白の配色を朱と白とに置き換えてみれば、これは平安神宮の正面の楼門にそっくりなのだ。

平安遷都千百年を記念して明治二十八年（一八九五）に平安神宮がたてられ、それをモデルにして二条の駅舎ができた。平安神宮の楼門のモデルは平安京の応天門だ。つまり二条の駅舎も平安京の応天門をモデルにしたわけだ。

平安京の大内裏の正門の朱雀門をくぐるとすぐにぶっつかるのが応天門だ。朱雀門は平安京の正門、応天門は大内裏の玄関にあたる（平安京・大内裏・内裏の位置関係をはっきりさせるために一一一ページに簡単な概念地図をいれておきます)。

応天門はどこにあったかというと、千本通と夷川《えびすがわ》通（当時は冷泉通）が交差するところにあった。わかりにくいというひとのためには、二条駅のちょっと北と言えばいいだろうか。二条駅は千本通に東面しているから、駅前からすこし北にゆけば、そこに応天門があった。

ほんものの応天門はもちろん南に向いていた。二条駅は東を向いているから、これを九十度ずらしたうえで、ちょっと北にもってゆくと、ほんもののあった位置におさまる。平安京ゆかりのものはほとんどのこっていないが、すくなくとも応天門はほんもののあった位置のすぐちかくに縮小復元されていた。こういうケースはめずらしい。

貞観八年（八六六）閏《うるう》三月十日の夜、応天門が左右の楼とともに炎上した。大納言の伴《ともの》善男《よしお》と息子の仲庸《なかつね》が放火犯人として逮捕、流罪になり、大伴氏や伴氏、紀氏などの名門が没落してゆく。応天門の変といわれるこの事件からあと、政治の実権はほとんど藤原氏ににぎられることになった。

宗近さんと甲野さんは二条駅から嵯峨、嵐山にむかったが、その二条駅まえでくりひろげられた平安時代の深刻な権力あらそいに気がついていたのか、どうか。

## ■清涼殿を襲う雷神

応天門をくぐりぬけ、いちばん重要な役所の朝堂院（八省院）をとおりぬけると――そんなに簡単にゆるされるものではないが――内裏がある。内裏は天皇をはじめとする皇族や后妃、女官たちの住まいだ。

内裏の正殿が紫宸殿《ししんでん》、宮廷の公式の行事はこの紫宸殿と前庭でおこなわれる。「右近の橘、左近の桜」も紫宸殿のまえにある。

紫宸殿の西側にくっつくような形の建物が清涼殿だ。天皇の日常の御所でもあり、トップクラスの貴族があつまって会議をひらくこともあった。

清涼殿の丑寅のすみの、北のへだてなる御障子《みそうじ》は、荒海のかた、生きたる物どものおそろしげなる、手長足長などをぞかきたる。上の御局の戸をおしあけたれば、つねに目に見ゆるを、にくみなどしてわらふ。（『枕草子』二〇段）

清少納言は一条天皇の時代の清涼殿を回想している。藤原道隆の娘の定子《ていし》が一条天皇の中宮になり、清少納言はその定子につかえていた。

中宮の居室の戸がひらいているときには、おそろしい絵を描いた清涼殿の障子が見えたわけだ。丑寅の隅は鬼門だから、空想の動物の手長足長のおそろしい絵を書いて邪悪なも

紫宸殿。平安京内裏の正殿

の侵入をふせいだ。

一条天皇の目のまえで定子から「硯の墨をすりなさい」と命じられたとき、さすが強気の清少納言も気持ちがたかぶり、墨をはさむ道具が手からすべりおちそうだった。

清涼殿の日常は平穏なことばかりではなかった。天皇の日常の御所といえばひろびろとした空間がおもわれるが、そうではなく、せまいところに多数の人間がつめかけていて、すし詰め状態だった。

とんでもない事件がおきることもあった。延長八年（九三〇）というと清少納言が活躍したころより六十年ほどまえだが、この年の六月、清涼殿に落雷があり、大納言の藤原清貫《きよつら》と右中弁の平希世《まれよ》が感電して死んでしまった。

落雷の直前、内裏には黒雲がおおいかぶさり、そのなかに雷神の姿をした菅原道真が見えた、という噂がたった。道真は藤原一族との政争にやぶれ、九州の太宰府に左遷され、恨みをいだいたまま死んだのだ。

死んでから二十七年もすぎているのに、藤原氏を呪う道真の気力ははげしい怨霊となり、雷神となって清涼殿をおそった。おりしも清涼殿では、ながく、はげしい旱魃《かんばつ》の天災からのがれる策をたてるための会議がひらかれていて、道真の怨霊はそれを狙ったにちがいないと思われた。

道真を左遷させた醍醐天皇は退位を決意、ライバルの藤原氏は北野に道真の霊をまつって怨霊をしずめようとした。これが北野天満宮のはじまりになる。

## ■『源氏物語』に見る平安京

『源氏物語』を通読したひとは何人もいない、などといわれる。そうかもしれないが、「いづれの御時にか、女御・更衣あまたさぶらひたまひけるなかに、いとやむごとなき際にはあらぬが……」の冒頭の一句だけはしっかりと覚えている、そういうひともまたすく

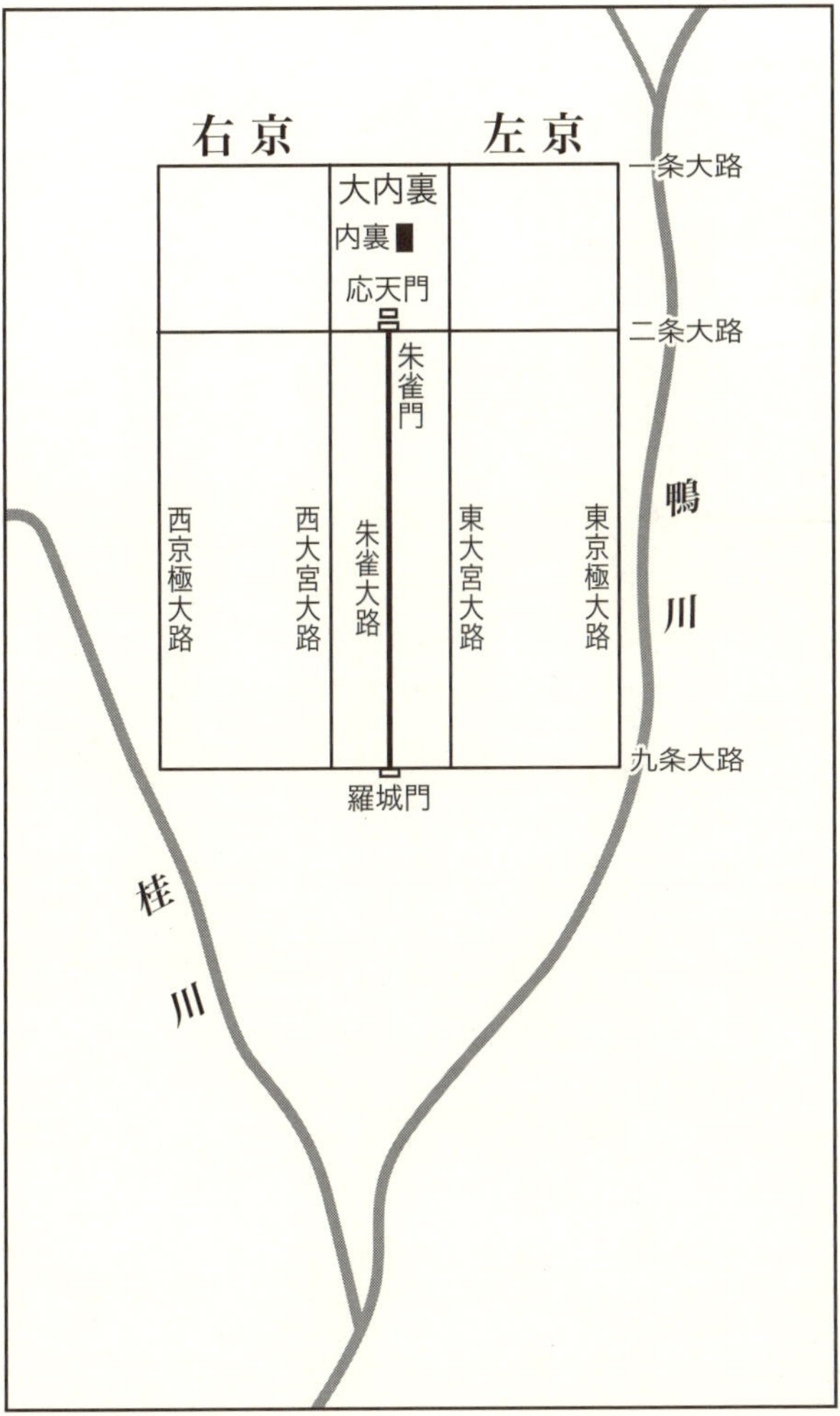
右京
左京
大内裏
内裏
応天門
一条大路
二条大路
朱雀門
鴨川
西京極大路
西大宮大路
朱雀大路
東大宮大路
東京極大路
九条大路
羅城門
桂川

なくないはずだ。

第一章は「桐壺《きりつぼ》」と名づけられ、桐壺とは女御、更衣にあたえられる住まい、局のひとつであるといった説明がされる。

内裏の正殿が紫宸殿、そのうしろに仁寿殿《じじゅう》があり、さらにその背後に後宮十二殿舎とよばれる女御や更衣のための住まいが渡殿《わたどの》つづきで配置されていた。

桐壺は正式には淑景舎《しげいさ》とよばれる局で、内裏の東北の隅にあたるから、内裏のなかではやや西寄りにある清涼殿からはいちばん遠い局だった。

光源氏の母は桐壺に住んでいたので「桐壺」とよばれていた。

桐壺のライバルが弘徽殿《こきでん》の女御だ。弘徽殿は清涼殿のすぐ北に接している。

帝のお召しがあって桐壺が清涼殿にゆくには、たくさんの局のあいだを通りぬけ、最後に弘徽殿のまえを通らなければならない。

弘徽殿の女御は、ありとあらゆる手をつかって桐壺にいやがらせをする。

まう上りたまふにも、あまりうちしきる折りをりは、打橋・渡殿のこかしこの道に、あやしき業をしつつ、御送り迎への人の衣の裾堪へがたう、まさなきことどもあり。また、あるときは、えさらぬ馬道の戸をさしこめ、こなたかなた、心をあはせて、は

大極殿跡の石碑

したなめ、煩はせたまふ時もおほかり。
愛する桐壺が迫害をうけているのを知った帝は、決断する。

清涼殿と背中合わせになっている後涼殿は天皇の食事の支度、衣料の用意などをする役所だが、ときには女御や更衣の局としてつかわれることもあった。帝は後涼殿にいた更衣をほかに移し、桐壺の局にしたのである。こうして桐壺は、だれにも悩まされることなく帝のもとにかよえるようになった。

平安京の内裏をしのばせるものは何ものこっていないが、千本通と丸太町通の交差点の西の裏に「大極殿跡《だいごくでん》」としるした石碑がたっている。目立たないところだから、千本通を北にゆくバス停を目印にすればいい。バス停の西が大極殿跡だ。大極殿の斜め北の方角、つまり千本通の東側に内裏があった。

## ■一条戻橋と千利休

一条戻橋は堀川の一条にかかっている。ささやかな橋だが、この橋はふるくからさまざまな文章に書かれてきた。

利休の首が獄門にかけられた時、あらたに木像まで処刑された。それも磔刑《たつけい》で、場所は堀川の東西の岸をつなぐ、一条戻橋のたもとであった。そのあたりは、古木の松に交じって柳がもっさりと水まで枝を垂れてつづき、堤には雑草が伸びはうだいはびこって、まっ昼間でも気疎い声で雉子鳩が鳴いてをり、夜は追ひ剥ぎの出る噂まであったが、距離からすれば、市場とは眼と鼻のあひだに過ぎなかった。それ故、むかし話にも聞いたことのないお仕置の見物人には、自然またそこがよい溜まり場になったのである。（野上彌生子『秀吉と利休』）

利休が切腹させられ、首と木像が一条戻橋のたもとにさらされたのは天正十九年（一五九一）二月のことだ。利休は六十九歳、利休に切腹を命じた秀吉は五十五歳で、これから半年あとには、ついに朝鮮出兵の命令を出すはずだ。

## ■一条戻橋の意味するもの

一条戻橋からすこし西にゆくと葭屋町《よしやまち》通をよこぎる。右にゆけば安倍晴明《あべのせいめい》ゆかりの晴明神社があり、さらにその北のあたりに利休の屋敷があった。利休屋敷の跡地ははっきりしていないが、葭屋町通と元誓願寺通の交差の南だ。

そして一条通と葭屋町通の交差点の西南に広大華麗な聚楽第《じゅらくだい》がそびえていた。聚楽第は秀吉がつくった城郭がまえの政庁だ。

ルイス・フロイスの『日本史』は聚楽第の豪華と華麗をつぎのように描写している。

彼は城を上の都に造り、そこで日本中で造りうるもっとも豪華な新都市を営もうと決意した。……棟も屋敷の周囲の瓦もすべて種々の花や木の葉で飾られた黄金塗りで、屋敷ごとにいろいろ異なった屋根があるから、町のこの地域はすこぶる高貴で豪華な様相を呈している。……

壁は飾り布を用いることなく、すべて屏風と称される一種の装飾品で飾られる。屏風の幾つかはすでにポルトガルとローマへ送られており、毎年インドへ多量に船で積み出される。これらはすべて黄金塗りで、そこに種々の絵が描かれている。

当時の京都は上京と下京に二分され、その上京地区が「上の都」と書かれている。

聚楽第の東北の隅の、そのまた東北の位置にあるのが一条戻橋、そこに利休の首と木像がさらしものになった。

聚楽第の東北の隅の、そのまた東北の位置に一条戻橋があったということ、これがなかなか問題なのである。

## ■渡辺綱《わたなべのつな》の鬼たいじ

南の二条、北の一条、西の西大宮、東の大宮――この四本の大路にかこまれた区域が平安京の大内裏だった。いまの言葉でいうと大内裏は官庁街だ。

四つの隅のなかでも東北、つまり一条大宮の隅がいちばん重要だと考えられていた。邪悪なもの、敵の軍隊などは艮《うしとら》――東北の方角からやってきて都を襲うものとおもわれていたから「鬼門」と呼んで、気分のうえでも政治の機構のうえでも警戒の姿勢をかためていた。

一条大宮からすこし東にすすんで堀川をわたるところ、ここに一条戻橋があった。大内裏の東北――鬼門にあたる位置で、しかも堀川がながれているのがかさなって、ここは「不気味なところ」とおもわれていた。

いろいろのあやしいものが登場しても、戻橋だからこそ市民は納得する。あやしいものが登場しないと、「なーんだ、戻橋らしくないじゃないか」ということになる。

戻橋に登場するあやしいもののなかで、もっともポピュラーなのは鬼だった。源頼光《よりみつ》の四天王のひとり、渡辺綱は戻橋で美女に出会った。この美女は鬼が化けたもので、綱のもつ名刀の髭切《ひげきり》をうばおうとしたのである。美女の正体をみやぶった綱は髭切をふるって鬼の片腕をきりおとし、源氏の武名をあげる。

## ■鬼一法眼《きいちほうげん》と源義経

一条戻橋のあたりには鬼一法眼という陰陽師が館をかまえていた、鬼一は中国からつたわった兵法書『六韜三略《りくとうさんりやく》』をもっている、これを読めばどんな強敵にも勝てるといわれるものだ。

鬼一法眼の館のありさまが『義経記』にのべられている。

京中なれども居たる所もしたたかにこしらへ、四方に堀をほりて水をたたへ、八の櫓をあげて、夕には申《さる》の刻、酉《とり》の時になれば橋をはずし、朝には巳午の時まで門をひらかず。

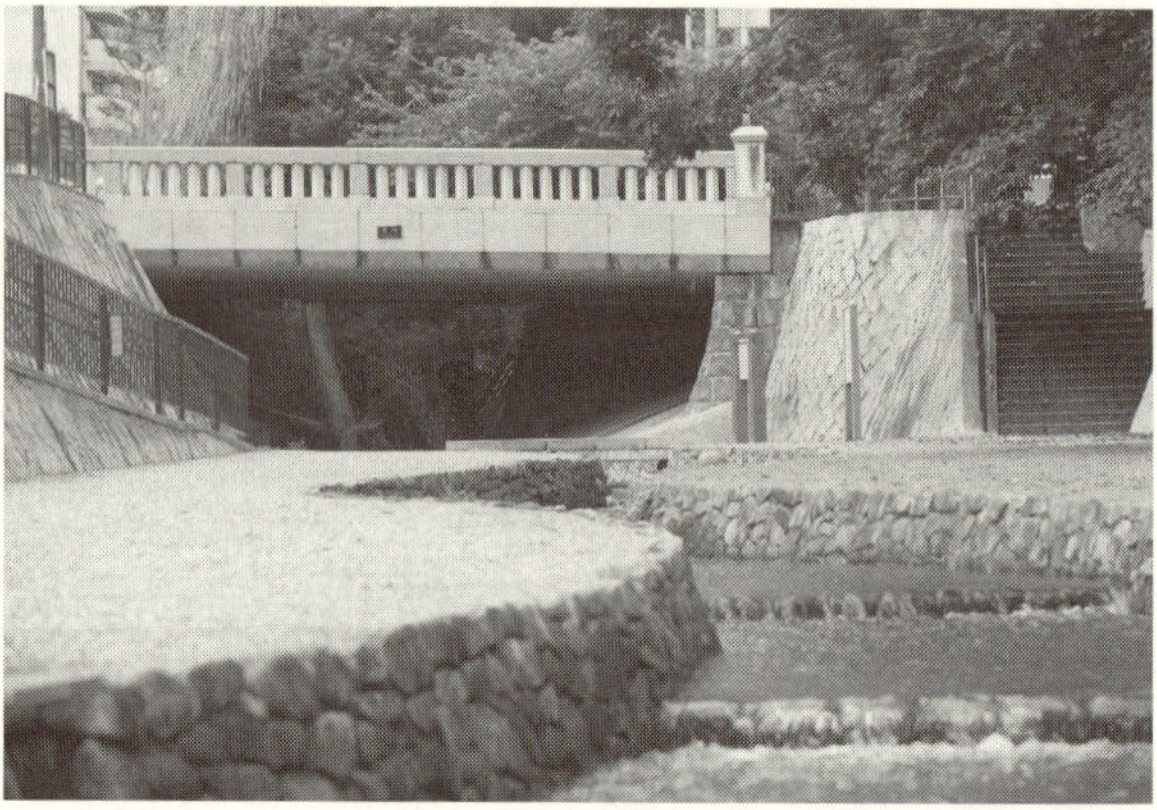

（上）現在の一条戻橋。下を堀川が流れる
（下）晴明神社。安倍晴明の居館跡に建つ

堀川の水をひきいれた館はまるで武士の館のようにものものしく警備されていた。平家をたおして源氏の再興をはかる牛若丸こと源義経は、なんとかしてこの『六韜三略』を読もうと思い、鬼一の娘にいつわりの恋をしかけ、『六韜三略』を盗み出させた。

御曹司（義経）よろこびたまひて、ひきひろげて御覧じて、昼は終日《ひねもす》に書きたまふ。夜は夜もすがらこれを服したまひ、七月上旬のころよりこれを読みはじめて、十一月十日ごろになりてければ、十六巻を一字ものこさず覚えさせたまひて後は……

念願の『六韜三略』を手に入れた義経は、おいすがる娘とわかれて山科の隠れ家にもどる。

すてられた娘の悲嘆の描写はありきたりではあるが、こういう描写があったからこそ『義経記』はながいあいだ読みつがれたにちがいない。

法眼が女《むすめ》、あとにひれふし、泣きかなしめども甲斐ぞなき。忘れんとすれども、わすれられず、まどろめば夢に見え、覚むれば面影に沿ふ。思へば彌《いや》まさりして、やるかたもなし。冬も末になりければ、思ひの数やつもりけん、物怪《もののけ》などと言ひしが祈れども叶わず、薬にも助からず、十六ともうす年、ついに嘆き死《じ》にに死ににけり。

鬼一法眼は架空の人物だろうが、モデルになったにちがいない安倍晴明は実在の人物、戻橋のすぐちかくの晴明神社は晴明の館の跡につくられた。

## ■信長がくりひろげたパレード

一条通の戻橋をわたり、そのまま東にすすむと御所（御苑）にぶっつかる。八百メートルたらずの、これといった特徴は感じられないものだが、秀吉全盛期のころの京都ではもっとも重要な道だった。

西は秀吉の聚楽第、東は天皇の御所――新旧ふたつの政治権力をつないでいたのが一条通だ。聚楽第の寿命がみじかかったので、一条通のこの八百メートルの部分が脚光をあびた時間もみじかいものになったが、それだけにいっそう一条通の意味は大きい。

平安京も大内裏も内裏もつくられたときから荒廃がはじまっていた。ほとんど修理されることもなく、西京は人間よりも野性動物の巣といったほうがふさわしい状態になった。

内裏が火災にあったり、地震でたおれたときには高級公家の屋敷が臨時の内裏になった、これを里内裏《さとだいり》という。

ほんものの内裏が修復されれば天皇はもどるが、安貞元年（一二二七）の火災のあとには修復されなくなり、公家屋敷が里内裏になった。

いまの御所の前身は東洞院《ひがしのとういん》通と土御門《つちみかど》通が交差するところにあった藤原氏の館で、はじめてここを里内裏としたのは光厳《こうごん》天皇だ。

それからひきつづいて北朝の天皇の里内裏となり、南北朝が統一合体した（一三九二）あとからは天皇はずーっとここに住みつづけ、明治維新で江戸にうつった。

南北朝の混乱、それにつづいて戦国乱世――土御門の内裏も荒れるにまかされていたが尾張の武士の織田信秀が修復費用を献上したのにつづいて、信秀の息子の信長が内裏の周囲を整備した。

御所がいまのような姿をあらわしたのと信長が武力で天下を取ったのは、ほとんど同時期だ。

天正九年（一五八一）二月、信長はあたらしい御所の東の馬場に正親町《おおぎまち》天皇をむかえ、豪華きわまるパレード――馬揃いをくりひろげた。信長が大名に、思い切って豪華な行列を仕立てて集まれと命じたのだ。

二十人ほどの近侍《きんじ》に囲まれて、大殿《シニョーレ》が姿を現したとき、私は思わずあっと声をあげた。近侍たちの何人かがそこに運んできたのは、数日前、ヴァリニャーノ巡察使が贈った赤ビロード張りの金色装飾のついた肘掛椅子だったからである。大殿は椅子を中央に据えさせ、それに腰をおろすと人々の挨拶をうけた。……
パレードが終わり、大殿が退出したあとも桟敷には大勢の人々が残っていた。彼らには、この華やかな騎馬行列が一瞬に走りすぎた幻影のように思えたのである。（辻邦生『安土往還記』）

信長が本能寺で明智光秀の急襲をうけ、完全制覇を目前に死んでしまうのはこの大パレードから一年四カ月あとのことだ。

大パレードがひらかれたのは京極通（寺町通）の今出川と丸太町のあいだに臨時につくられた馬場である。ここに二十万人の大観衆があつまり、戦国乱世の終止符を打とうとしている信長の威勢を確認した。

この馬場の跡地は駐車場になっている。信長の大パレードにあつまってきた騎馬の見事さを想像すると、自動車というものが意外に貧弱なものに見えてくる。

## ■物資輸送の大動脈――高瀬川

信長から秀吉、そして徳川家康へと覇者が交代するにつれて、京都の光景もめまぐるしく変わった。

家康は二条城をたてて、自分が最後の覇者であることの象徴とした。二条城は東に正門をひらいているのが珍しい。

正門を出ると二条通を東にすすむことになるが、鴨川のすぐ手前で高瀬川がはじまることに注意してほしい。二条城の正門から東につづく二条通と高瀬川――このL字型のラインがあたらしい京都のメイン・ルートになった。

高瀬川は運河だ。土木業者として有名な角倉了以《すみのくらりょうい》が慶長十六年（一六一一）に、方広寺大仏殿建築の資材をはこぶための運河として開鑿《かいさく》をはじめた。

秀吉はすでに十三年前に死んで、あとをついだ秀頼の政権は徳川に圧迫されて風前のともしび、したがって了以が高瀬川をひらこうとしたのは豊臣家のためではなく、徳川政権の実現を確実と見たうえでの投資なのだ。方広寺建築の資材運搬のためなら、せいぜい五条のあたりに起点があればいい。それが二条まで北にのびているのは徳川の二条城を計算に入れていたからだ。

大阪湾から淀川水系をとおり、高瀬川をはこばれた方広寺建築の資材は豊臣家の財力を奪いとり、しぼりあげ、ついに豊臣家そのものをたおしてしまった。

その後の高瀬川は京阪のあいだの物資輸送の大動脈になった。

高瀬川。京阪間で物資のみならず罪人も輸送した

物資だけではない、罪をえて流罪されるひとをはこんだこともあったのだ。森鷗外の小説『高瀬舟』を読んでみよう。

高瀬舟は京都の高瀬川を上下する小舟である。徳川時代に京都の罪人が遠島《おんとう》を申し渡されると、本人の親族が牢屋敷に呼び出されて、そこで暇乞いをすることを許された。それから罪人は高瀬舟に載せられて、大阪へ回されることであった。罪人と護送役人は高瀬川の「一之船入」、つまり運河の起点から小舟にのる。

小説『高瀬舟』の主人公は喜助という男だが、これから遠いところに流罪されるものとは思えない、かわった雰囲気をただよわせていた。

夜舟で寝ることは、罪人にも許されているのに、喜助は横になろうともせず、雲の濃淡に従って、光の増したり減じたりする月を仰いで、黙っている。その額は晴れやかで目にはかすかながやきがある。

喜助は弟を殺した罪で遠島になる。実の弟を殺して遠島になる男が、これほど晴れやかな雰囲気なのは、なぜか？

護送役人の庄兵衛は、おもいあまって喜助にたずねる。

喜助のはなしによると、喜助と弟はふたりで西陣織の「空引《そらび》き」という仕事をやっていた。

高級織物として知られる西陣織は高機という織機をつかう。複雑な紋様を織りだすには縦糸と緯糸《よこ》の上げ下げが複雑になり、ひとりでは手に負えないから縦糸と緯糸をふたりで分担して織ってゆく、それが「空引き」である。

堀川通今出川に西陣織会館があり、ここに高機の模型が展示されているから、一条戻橋などを見るついでに、立ち寄ってみることをおおすすめする。シーズンによっては本物の高機をつかうデモンストレーション作業を見せてくれることもある。

喜助の説明を聞いた役人は、殺人の罪というものについて疑問をもつが、そのあいだにも高瀬舟は大阪にむかって水面をすべってゆくのであった。

大阪からの荷物を積んで京都にのぼるときには、高瀬舟は人夫が綱をつけて引くことになる。『拾遺・都名所図会』などにその様子を描いたものがあるから、興味のあるひとはこれを見るのもいい。

## ■新選組と海援隊

高瀬川にそった飲食店街が木屋町だ。

ここをあるいていると、幕末の政争に活躍した志士の名前と出会うことがおおい。高瀬川を通じて物資やひとの輸送が便利なことから、諸藩の藩邸が多かった。

土佐藩の京都藩邸は蛸薬師通の、高瀬川と河原町通にはさまれる位置にあった。土佐藩邸跡の標識は高瀬川に面してたてられ、維新のあとは立誠小学校になった。

土佐藩邸からすこし北へゆくと彦根藩邸、三条通をこえると岩国、対馬、加賀の藩邸があり、御池通を挟んで北に長州藩邸、跡地は京都ホテルオークラになっている。

三条通の河原町をすこし東にゆくと三条小橋で高瀬川をわたり、それから三条大橋で鴨川をわたる。三条小橋の西側にあった旅館の池田屋に尊攘派の志士があつまっていたところへ、幕府方の新選組が斬りこんだのは元治元年（一八六四）六月五日の夜だ。

司馬遼太郎の小説『竜馬がゆく』では、藩邸が立ちならぶ高瀬川ぞい一帯が舞台になる場面が多い。

三条大橋の西詰には奉行所の制札がたてられ、そのなかには「長州人は朝敵である、潜伏長州人をかくまえば罪になる」といった警告の制札もある。長州に同情的な諸藩の志士は、この制札に腹をたて、夜陰にまぎれて抜きとって鴨川に投げすてる、それを新選組が摘発して、刀をぬいての決闘がくりかえされる。

ほどなく新選組のほうは、監察新井忠雄指揮の十二人が高瀬川東の酒店から駈けつけてきて、いっせいに抜き連れ、東西から土州側を挟みうちにした。

それだけでなく、近藤勇直接指揮の十人が大橋の東詰から橋板を踏みとどろかせながら駈けつけてきたので、

「こりゃ、なんともならぬ」

安藤鎌次は血だらけで叫び、同志たちに、逃げよ、血路をひらくんじゃ、とわめきつつ無反《むぞり》三尺の太刀をふりかざして新選組の一人を斬るや、車路のほうに出た。

車路《くるまみち》は車道とも書き、三条通のすぐ南の小路だ。坂本龍馬といえば土佐海援隊だが、

酢屋。海援隊の京都本部があった

その海援隊の京都本部はこの車道の材木商の酢屋《すや》にあった。

車道をまっすぐ東にゆくと鴨川にぶっつかり、斜めの道を降りてじゃぶじゃぶと鴨川にはいってゆくことになる。牛が引く車は橋板を痛めるので三条大橋をわたらずに、車道を降りて向こう岸にわたることになっていた。つまりバイパスルートだ。鴨川に降りる坂道はいまでものこっている。

坂本龍馬は海援隊長だから酢屋の本部に宿泊するのが自然だ。しかし龍馬は海援隊長であり、土佐藩の貿易事業を統括する立場でもあったから、酢屋にも藩邸にも泊まらなかった。

藩邸は京都留守居役の宿舎の性質があり、

この時期の龍馬は留守居役より高い役目を背負っていたから、藩邸に泊まるのは他藩との外交の面からしてまずいと判断したわけだろう。

そういうわけで龍馬は河原町通りの醬油屋近江屋に、ほとんど無防備のままで泊まっていた。そこを刺客にねらわれ、若い命を落としてしまう。

■**漱石——ぜんざい——ハモ**

夏目漱石―ぜんざい―ハモという三題噺をしてみよう。

三条大橋のすぐ北の御池大橋はあたらしくかけられた橋だ。橋の西のたもと、南側に、やや横長の石碑がある。

ちいさな字で「木屋町に宿をとり川向の御多佳《おたか》さんに」とあり、その左に「春の川を隔てて男女哉」の俳句がきざんである。夏目漱石の句碑だ。

大正四年（一九一五）の春、漱石は京都をおとずれ、三条木屋町上ルの旅館「北大嘉《きたのたいが》」に泊まった。その跡地に「春の川を」の句碑がたてられている。

句碑のあるところから前方の左、鴨川の向こうに「大友」というお茶屋があった。くわしくいうと縄手通の新橋東入ル、もっとわかりやすくいうと吉井勇の歌碑「かにかくに祇園は恋し……」がたてられているところだ。磯田多佳は大友の女将で、文学者をあつくもてなしたことで知られる。

漱石がはじめて京都をおとずれたのは明治二十五年（一八九二）で、友人の正岡子規といっしょに三条通麸屋町上ルの旅館「柊《ひいらぎ》家」に泊まった。柊家は超高級の和風旅館だ、明治の大学生は裕福だった。

そのつぎが明治四十年三月で、四月なかばまでの京都滞在が『虞美人草』の下敷きになるが、『虞美人草』とは別に『京に着ける夕』というみじかい文章がある。

唯さへ京は淋しい所である。原に真葛、川に加茂、山に比叡と愛宕と鞍馬、ことごとく昔の儘《まま》の原と川と山である。昔の儘の原と川と山の間にある、一条、二条、三条をつくして九条に至っても十条に至っても、皆昔の儘である。数へて百条に至り生きて千年に至るとも、京は依然として淋しからう。

このときは京都帝国大学文科大学長の狩野亨吉にまねかれていたので、京都駅から下鴨の糺の森にある狩野の家まで、寒い春の夜の京都を人力車にゆられて行った。

所々の軒下に大きな小田原提燈が見える。赤くぜんざいと書いてある。人気のない軒下にぜんざいは抑《そもそ》も何を待ちつつ赤く染まって居るのか知らん。

赤い提燈に、黒い字で「ぜんざい」と書いてある。それを見て漱石は、正岡子規といっしょにはじめて京都にきたときの記憶にひきもどされる。あのときの子規は、いまはもうこの世にないひとだ。

ぜんざいは京都で、京都はぜんざいであるとは余が当時に受けた第一印象で又最後の印象である。子規は死んだ。余はいまだに、ぜんざいを食った事がない。実はぜんざいの何物たるかをさへ弁《わきま》へぬ。汁粉であるか煮《ゆで》小豆であるか眼前に髣髴《ほうふつ》する材料もないのに、あの赤い下品な肉太な字を見ると、京都を稲妻の迅《すみや》かなる閃《ひらめ》きのうちに思ひだす。同時に——ああ子規は死んで仕舞った。糸瓜《へちま》の如く干枯らびて死んで仕舞った。——提燈は未だに暗い軒下にぶらぶらしてゐる。余は寒い首を縮めて京都を南から北へ抜ける。

平成の京都のぜんざいと明治のそれがおなじだとすると、ぜんざいは汁粉ではない。甘い味で煮た小豆を漉《こ》さずに粒のまま、どっぷりと餅にかける、これがぜんざい。もちごめの餅のかわりに粟の餅か粟飯をつかえば、高級かつ高価な粟ぜんざい。

『虞美人草』の甲野さんと宗近さんは三条の「蔦屋」という旅館に泊まったことになっている。ただ三条というだけで、南北の通りがわからないのだが、木屋町つまり高瀬川ぞいの旅館であるのは、つぎの会話からわかる仕組みになっている。

雨が降った日、ふたりは三条の蔦屋でごろごろしている。

「おい、どうも東山が綺麗に見えるぜ」

「さうか」

「おや、鴨川を渉《わた》る奴がある。実に詩的だな。おい、川を渉る奴があるよ」

「渉ってもいいよ」

「君、布団着て寐《ね》たる姿やとか何とか云ふが、どこに布団を着て居る訳かな。一寸此《ちよつと》処へ来て教えて呉れんかな」

「いやだよ」

「きみ、さうかうして居るうちに加茂の水嵩《みずかさ》が増して来たぜ。いやあ大変だ。橋が落ちそうだ。おい橋が落ちるよ」

「落ちても差し支へなしだ」

「落ちても差し支へなしだ？　晩に都踊が見られなくっても差し支へなしかな」

三条の旅館から東山が見え、鴨川をわたるひとが見られるなら、三条木屋町にきまっている。

ぐだぐだとしゃべっているうちに、宗近さんが鼻をぴくつかせた

「又鱧《はも》を食はせるな。毎日鱧許《ばか》り食って腹の中が小骨だらけだ。京都と云ふところは実に愚なところだ。もういい加減に帰ろうぢゃないか」

「帰ってもいい。鱧位なら帰らなくってもいい。然し君の嗅覚は非常に鋭敏だね。鱧の臭がするかい」

「するぢゃないか。台所でしきりに焼いてゐらあね」

宗近さんの予言どおり、その日も蔦屋の昼食の膳には鱧が出た。

鱧――ハモは太刀魚のように細長い、白身の魚だ。瀬戸内海、とくに明石の海でとれるのが最上とされる。水からあげても長いあいだ生きているので、海から遠い京都では尊重されてきた。

皮の内側に小骨が多いのが難点で、そこから「ハモの皮切り」という京都独特の調理法がうまれた。

ハモの骨切り包丁という、これまた独特の包丁をつかって裏側から皮のほうに、しかし皮を切り分けない、ぎりぎりの極限まで切れ目を入れる。小骨を切りおとすのではなく、歯にも喉にもさわらないように、こまかくきざむ。一寸（三・三センチ）の幅のあいだに

三十から四十の切れ目を入れられなければ一人前の京都の料理人とはいえないそうだ。

ハモを食べるのは小骨もいっしょに食べるのを意味するから、「腹の中が小骨だらけだ」と宗近君が不平を言う。

## ■『檸檬』の舞台はなぜ寺町なのか?

何かが私を追いたてる。そして街から街へ、先に言ったような裏通りを歩いたり、駄菓子屋の前で立ち留まったり、乾物屋の乾蝦や棒鱈や湯葉を眺めたり、とうとう私は二条の方へ寺町を下がり、其処の果物屋で足を留めた。

梶井基次郎の処女作品『檸檬《レモン》』は文庫版でわずか八ページのみじかい作品だが、大正十四年(一九二五)に雑誌「青空」に発表されてから、もっぱら若者に愛読されてきた。

『檸檬』を読んだあと、あるいは『檸檬』をおさめた本を片手に寺町通をあるき、二条寺町の東南の角の果物屋「八百卯」の店先をのぞくのは昭和前半期の文学ずきの青年の、人生の一齣だった。これは京都で学生生活をすごした若者にかぎったものではないだろう

あのころの若者には、戦雲という言葉が目のまえに迫ってきていたから、「えたいの知れない不吉な塊」におさえつけられる「私」にたいする感情移入はスムーズだった。

ちかごろはまた梶井基二郎の評価がたかくなってきているという。三十一歳の若さで亡くなってしまったことへの哀惜と、夭逝《ようせつ》を予感させるみずみずしい文章との相乗の現象だろうか。

京都のひと、京都を知っているひとがいま『檸檬』を読んで、ちょっと首をかしげるところがあるかもしれない。

寺町通が舞台になっている、そのことだ。京都といって真っ先に連想されるのは河原町通のはず、なぜ『檸檬』の舞台が河原町通ではなく、寺町通だったのか？

ここでちょっとその果物屋を紹介したいのだが、その果物屋は私の知っていた範囲では最も好きな店であった。

そこは決して立派な店ではなかったのだが、果物屋固有の美しさが最も露骨に感ぜられた。果物はかなり勾配の急な台の上に並べてあって、その台というのも古びた黒い漆塗りの板だったように思える。

何か華やかな美しい音楽の快速調《アレッグロ》の流れが、見る人を石に化したというモルゴンの鬼面――的なものを差しつけられて、あんな色彩やあんなヴォリウムに凝り固まったという風に果物は並んでいる。

青物もやはり奥へゆけばゆくほど堆高く積まれている。——実際あそこの人参葉の美しさなどは素晴らしかった。それから水に漬けてある豆だとか慈姑《くわい》だとか。

こう言ってから「私」は、この果物屋のある寺町通の説明にかかる。店が存在する寺町通が美しいのだから、果物屋の雰囲気までも美しくなるのは当然なり、とでも言いたいかのように——。

またそこの家の美しいのは夜だった。寺町通は一体に賑やかな通りで——といって感じは東京や大阪よりはずっと澄んでいるが——飾窓の光がおびただしく街路へ流れ出ている。それがどうした訳かその店頭の周囲だけが妙に暗いのだ。

人工の光にあふれた寺町通のなかで、果物屋の周囲だけが暗い——そういう情景に「私」は惹《ひ》き寄せられた。

大正時代、寺町通は京都のメイン・ストリートだった。

豊臣秀吉が強引なやりかたで京都市街を改造したとき、平安京の東京極通にあたる南北の線に寺院をあつめて寺町とし、寺町に沿った通りが寺町通になった。

お寺がたくさんあるから寺町——それはそのとおりだが、京都の寺町は桁はずれの寺町だった。北から南へ一直線に、なんと百十七ものお寺がならび、お寺の列車といった感じ

寺町通。八百卯は閉店した（画面左手前）

になっていた。

寺町の東には土をもりあげた、これが「お土居《どい》」、土の城壁である。

お土居の東は鴨川の河原で、ひとが住みつき、ひとが歩くから道らしいものができたといった程度のものだった。大名の京都屋敷が河原町と木屋町のあいだにつくられたのも、ここに土地の余裕があったからだ。

京都を南北につらぬくメイン・ルートとして河原町通が寺町通を圧倒するようになったのは昭和二十年（一九四五）から後のことだといえる。「えたいの知れない不吉な塊」にしめつけられる「私」が大正十四年に、河原町通ではなく、古い風格をのこす寺町通に惹き寄せられたのは自然のなりゆきだった。

「私」は寺町通二条の果物屋で買った一個の檸檬をもって二条から三条まで下って西へ曲がり、麸屋町《ふやちょう》の丸善書店にはいる。丸善が京都の三条通麸屋町で開業したのは明治5年(1872)、そして昭和十五年に現在地の河原町通蛸薬師に移転した。「私」は丸善の美術書の上に檸檬をそっと置いて、店を出る。

檸檬が爆発して丸善が粉葉みじんになる——空想にふけりながら「私」は「活動写真の看板画が奇体な趣きで街を彩っている京極」を下ってゆく。

## ■芥川龍之介の『羅生門』

平安京の総門にあたるのが羅城門《らしょうもん》だ。洛中篇のしめくくりとして羅城門にまつわる作品を読むことにする。

京都駅のすぐ南にあるが、それがかえって羅城門跡にゆくのを不便なものにしている。そこで、羅城門跡だけではなく、東寺(教王護国寺)とあわせて見にゆくのが智恵のあるやりかただ。

平安京の南北の中心の朱雀大路と、いちばん南の東西の通りの九条通がまじわるところに羅城門を建て、羅城門の東に東寺、西に西寺を配した。日本各地からのヒトやモノ、外国の使者たちもみんな左右に東寺と西寺を見ながら羅城門をくぐり、平安京到着第一歩をしるしした。羅城門・東寺・西寺ははじめから三点セットだった。

文学に登場するのはそびえる羅城門ではなくて、倒壊寸前で修復の予定もない、あわれな姿の羅城門だ。

芥川龍之介の小説『羅生門』。「羅城門」ではなく「羅生門」の字をつかっているが、本来ならば「羅城門」がただしい。

ひとりの男が羅生門の下で雨やどりをしていた、広い門の下に男のほかには誰もいない。うちつづく災害で洛中はさびれ、修復を考えるものもいない羅生門は盗賊や狐狸が住みつき、死体の捨て場になっていた。夕暮れともなれば、こわがって近づくものもない。

門の上層は死体で埋まり、女の死体から髪の毛を抜いている老婆がいた。男が問いつめると、鬘《かつら》の材料に売るのだという。

死んで、ここに捨てられたものは生前には悪いことばかりやっていた、と老婆は説明する。

わしは、この女のした事が悪いとは思うてゐぬ。せねば、餓死をするのじゃて、仕方がなくした事であろ。されば、今又、わしのしてゐた事も悪い事とは思はぬぞよ。これとてもやはりせねば、餓死をするのぢゃて、仕方がなくする事ぢゃわいの。ぢゃて、その仕方がない事を、よく知ってゐたこの女は、大方わしのする事も大目に見てくれるであろ。

男は老婆の主張を確認すると、すばやく老婆にとびかかり、着物を剝ぎとって門の下にかけおりた。

「下人の行方は、誰も知らない」

最後の一文が強烈な印象をのこす芥川の『羅生門』は『今昔物語』の「羅城門の上の層にのぼりて死にしひとを見たる盗人のこと」に取材したものだ。

## ■羅生門の鬼

荒れ果てたままの羅城門には「鬼がいる」という噂がたっていた。洛中の鬼は一条戻橋に出ることになっていたが、そのうちに羅城門にも鬼が出るといわれるようになった。『今昔物語』にも羅城門の鬼が登場する。

村上天皇のとき、朝廷につたわる玄象《げんじょう》という琵琶の名器が行方しれずになった。天皇の嘆き、哀しみはいうまでもない。

殿上人の源博雅《ひろまさ》は管弦の名人だったから、玄象の消失にはふかく心をいためていた。ある夜、博雅が清涼殿で耳をすましていると、南の方角から玄象を弾く音がきこえてきた。空耳かと、なんども我が耳をうたがったが、まさしく玄象の音であった。

従者をひとりつれ、だれにも言わずに博雅は深夜の京を、琵琶の音をたよりに南へ向かった。七条大路をすぎても、まだ南から玄象の音がきこえる。とうとう羅城門の下に来てしまった。

誰《た》が弾きたまふぞ。玄象ひごろ失せて、天皇求め尋ねさせたまふ間、今夜、清涼殿にして聞くに、南の方にこの音あり。よりて尋ねきたれるなり。（巻第二四「玄象ノ琵琶、鬼ノタメニ取ラレタルコト」）

羅城門の上に博雅が声をかけると、紐につるした玄象がおりてきた。この玄象を博雅がさしあげると、天皇は「鬼が盗んだのじゃな」とおっしゃった。

羅城門も、羅城門の西にあって東寺と同格とされた西寺も、とうのむかしに姿を消し、東寺だけが昔のままの威容でそびえている。

# 第4章

# 洛西

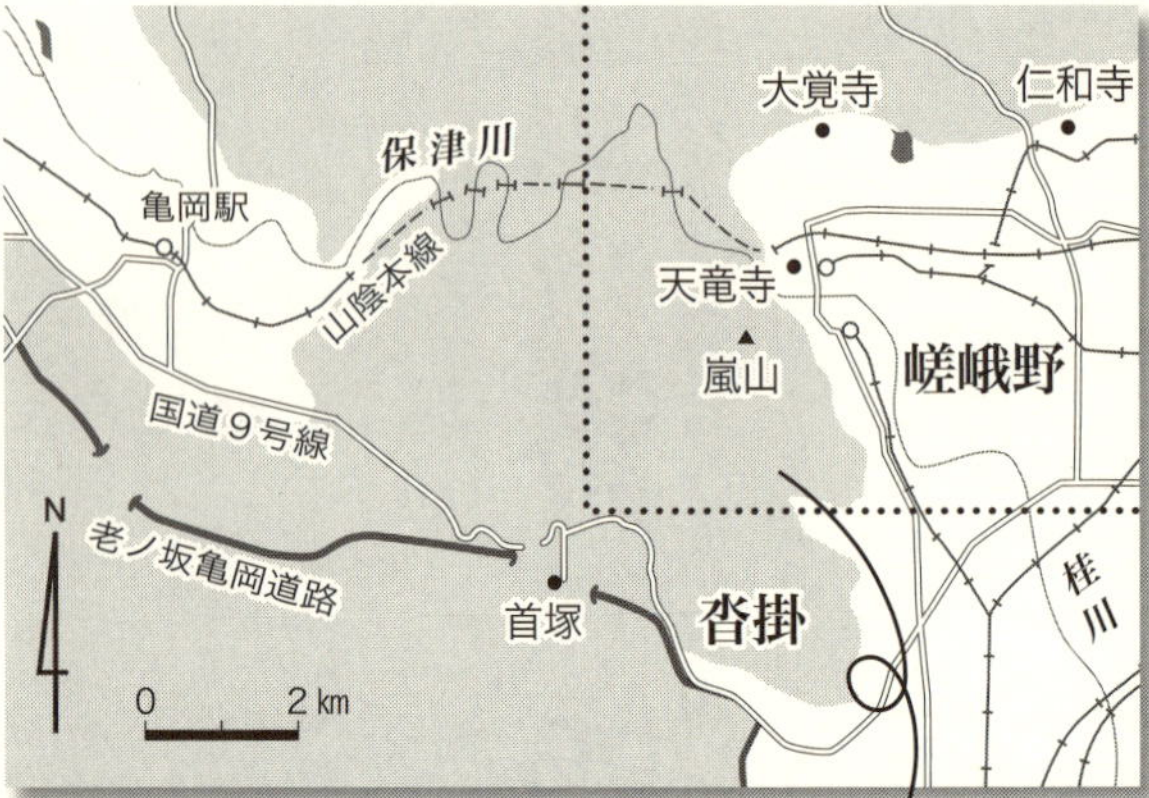
大覚寺
仁和寺
保津川
亀岡駅
山陰本線
天竜寺
嵐山
嵯峨野
国道９号線
N
老ノ坂亀岡道路
首塚
沓掛
桂川
0
2 km

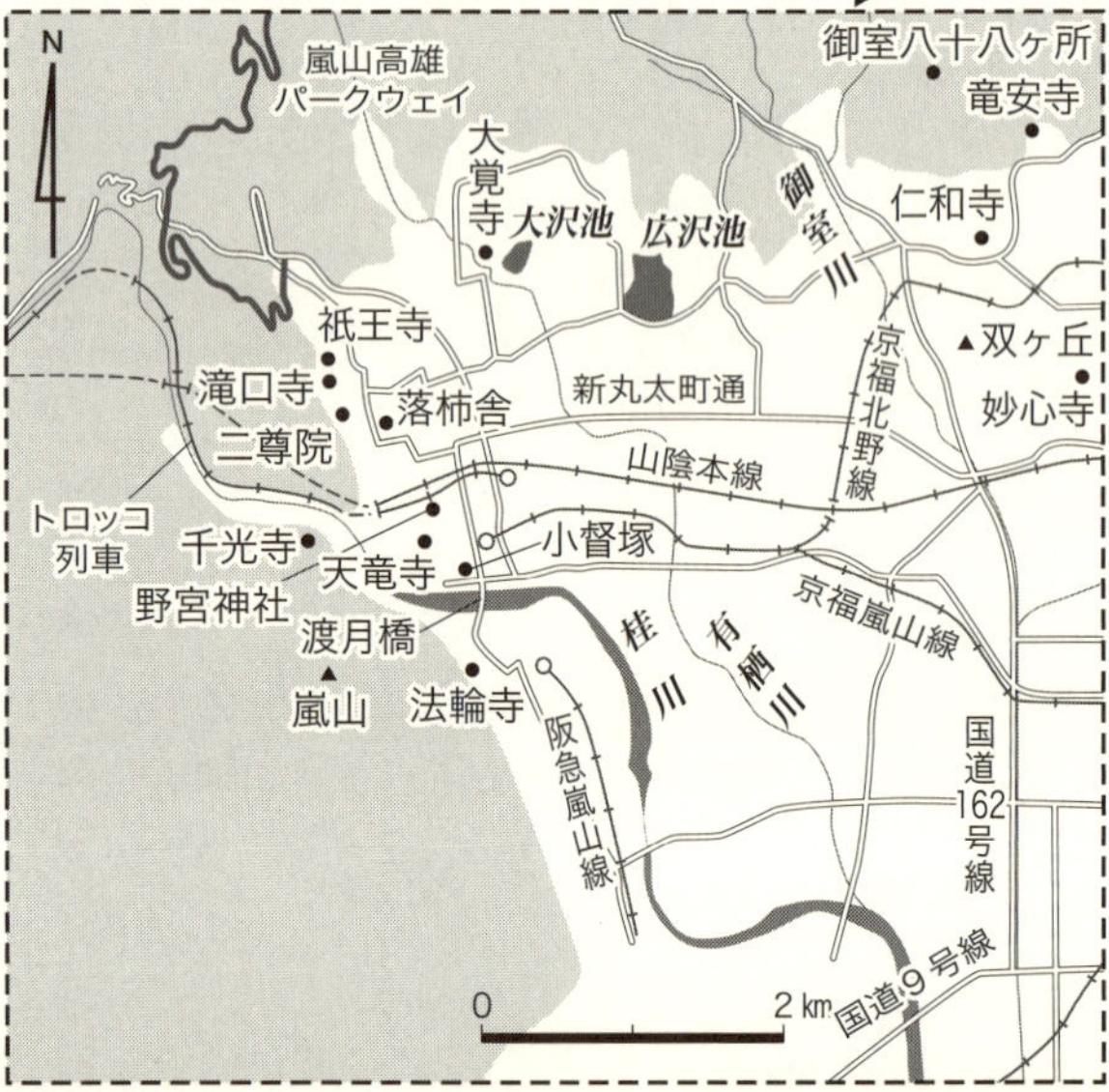
N
御室八十八ヶ所
嵐山高雄
パークウェイ
竜安寺
大覚寺
大沢池
広沢池
御室川
仁和寺
祇王寺
京福北野線
双ヶ丘
滝口寺
新丸太町通
妙心寺
落柿舎
二尊院
山陰本線
トロッコ
列車
小督塚
千光寺
天竜寺
野宮神社
京福嵐山線
渡月橋
桂川
有栖川
嵐山
法輪寺
阪急嵐山線
国道162号線
国道９号線
0
2 km

## ■嵯峨野は別格

「野は嵯峨野、さらなり」

ほかの野は問題にならない、そういわんばかりの口調で清少納言は「野は嵯峨野」と言いきった。（『枕草子』一六二段）

嵯峨野とは比較にならないが、嵯峨野のほかの野の名前をあげるとすればこういった野があるにはありますがと、なげやりな感じで印南野《いなみの》・交野《かたの》・駒野・飛火野《とぶひの》・しめし野・春日野の名をあげる。「そうけ野」については「すずろにおかしけれ。などて、さつけけむ」と、奇妙な名前にあきれているが、なぜ奇妙なのか、理由はわからない。そのほかには宮城野・粟津野・小野・紫野。

紫野はよく知っている。彼女が賀茂祭の斎王行列の「かへさ」をむかえたのは紫野の雲《う》林院《りんいん》のあたりだ。

小野という名の野はどこにもあるが、比叡山の麓の小野をさしているのなら、これも知っていたろう。そのほかはほとんど山城以外の野だから、名前だけは知っているといった程度のものだろう。

嵯峨野は別格——平安京のひとびとにとって、この思いは強烈だった。

嵯峨野は、なぜ別格なのか？

とりあえず大覚寺に行っていただく。なぜ嵯峨野は別格なのか、この問題を考えるには大覚寺ほどふさわしいところはない。

## ■大覚寺の由来

バスが何本も走っている、大覚寺の門前でおりればいい。迷うことはありえない。ＪＲ嵯峨嵐山駅から、のんびりとあるいてゆくのも優雅なものだ。

大覚寺——それは嵯峨院の跡地にたっている。

桓武天皇が平安京に遷都して、嵯峨野は「禁野《きんや》」に指定された。皇族や貴族が狩猟や摘み草をたのしむ区域として、庶民の立入りや耕作が制限された。

平安京の「野」はふつうの野ではない。よその地では、ひとの手がはいっていなければすべて「野」だが、平安京では朝廷が「野」に指定したところが「野」で、それ以外は「野」でもなんでもない、いうならばただの空き地、または耕作地だ。

桓武天皇が亡くなって皇太子の安殿《あて》親王が即位した、平城《へいぜい》天皇だ。病弱な平城天皇は四年で譲位して上皇となり、弟の賀美能《かみの》親王が即位した、嵯峨天皇だ。

大沢池。嵯峨天皇が造営（写真は現在の特設舞台）

嵯峨天皇の政治に不平をいだく勢力は平城上皇をかつぎあげ、「平城の旧京にもどろう」を合言葉にして嵯峨天皇と対立した。

弘仁元年（八一〇）に対立は戦争になり、嵯峨天皇方が勝利した。「薬子《くすこ》の乱」といわれる権力抗争であった。桓武天皇の遷都から一六年かかって平安京は平城旧京の引力から解放され、安泰を確保した。

勝利した嵯峨天皇はつぎつぎとあたらしい政策をうちだす。「唐風文化の導入」といわれる性質のもので、苑池《えんち》で歓楽の時をすごし喫茶をたのしみ、楽を奏して興じることに重点がおかれる。

天皇は「院」「後院」をもつべきだというしきたりになったのも嵯峨天皇からだ。

内裏は皇室のもので天皇個人のものとはいえない。天皇個人がプライベイトな時間をたのしむスペースと建物、それが「院」というもので、嵯峨天皇はあちらこちらに院をつくった。嵯峨天皇がつくった院の代表的なものが嵯峨院だった。

嵯峨院のじっさいの様子は、よくわからない。ひろい嵯峨野の全体を院の敷地として、天皇個人の趣味に応じた建物がいくつもつくられ、ときには狩猟、ときには喫茶、ときには詩歌管弦をたのしんだ。

せまくるしく、窮屈な内裏よりははるかにたのしい時をすごせるのだから、天皇も女官も公卿たちも、なにかと口実をつくっては院に出かけたい。内裏は魅力もなにもない、ただの御所だが、院は王朝の文化と財政がたっぷりとつぎこまれた別世界だった。

嵯峨・淳和・仁明の三代三三年間は天皇の親政がつづいた。皇族や公卿が精神的にはりきっていて仏教を頼る気持ちはうすかったし、藤原氏のように飛びぬけた勢力の貴族もあらわれていない。その余裕が嵯峨院をはじめとする院の全盛期をもたらした。

清少納言が「野は嵯峨野、さらなり」というのは院の全盛期にたいするあこがれの気持ちからだった。

その嵯峨院は次第におとろえ、貞観十八年（八七六）に大覚寺という寺になった。清少納言が「野は嵯峨野」と、あこがれの気持ちをこめて言うのはそれから百年以上もあとのことだ。

大覚寺の建物はそれほどふるいものではないが、嵯峨院の苑池だった大沢池の水は嵯峨院の全盛の景色を知っているはずだ。

大覚寺にお参りするとパンフレットをもらう。そこに大沢池と「名こその滝」の由来が説明してあり、一首の歌が紹介されているだろう。

滝の音は絶えてひさしくなりぬれど
名こそ流れてなほ聞こえけれ
（『拾遺和歌集』）

作者の藤原公任《きんとう》は、嵯峨院の池にながれこんでいた滝の音を聞いたことはない、滝があったという故事を知っているだけだ。

「名こその滝」――名前だけの滝――いまはもう歴史の記憶のなかにしか存在していない嵯峨院の滝の音。

## ■光源氏がおとずれた野宮

嵯峨野の歴史の二本柱というものをかぞえるとすれば、ひとつは嵯峨院―大覚寺、もうひとつが野宮だ。

光源氏が六条御息所《ろくじょうのみやすどころ》に会おうとして嵯峨の野宮をたずねたことがあった。

はるけき野辺を、分けいりたまふより、いと、ものあはれなり。秋の花、みなおとろへつつ、浅茅《あさぢ》が原も、かれがれなる虫の音に、松風すごく吹きあはせて、そのことも聞きわかれぬ程に、ものの音なども、たえだえ聞こえたる、いと艶なり。(『源氏物語』・賢木《さかき》)

さびしい雰囲気の嵯峨野のなかに野宮がつくられていた。新しい斎宮がきまると嵯峨に野宮がつくられ、一年ないし三年のあいだの精進潔斎をすごしてから伊勢におもむくことになっていた。

野宮がつくられる場所は一定していたのではなく、斎宮が伊勢に赴任すればただちにとりこわされてしまう。そういうこともあって野宮は粗末なつくりだったが、人間の暮らしのなかで身についたけがれを払いおとす意味もあって、あえて自然にちかい生活をするのが精進潔斎だとされていた。肉食を断つのも、野宮の建物の鳥居が「黒木の鳥居」だったのもそれで、樹木の肌をけずらず、そのまま鳥居に立てたのが「黒木の鳥居」だ。六条御息所の娘で、いまは斎宮になっている姫君がこの野宮で精進潔斎の日々をすごし、母の御息所もしばしば斎宮をおとずれる。その御息所を光源氏がたずねた。

物はかなげなる小柴を大垣にて、板屋ども、あたりあたり、いと、かりそめなり。黒木の鳥居どもは、さすがに神々しう見渡されて、わづらはしき気色なるに、神官《かんづかさ》の者ども、ここかしこに、うちしはぶきて、おのがどち、物うち言ひたるけはいなども、外にはさま変わりて見ゆ。

御息所は光源氏の愛情がすでに冷めたものと思い、いっそのこと娘の斎宮とともに伊勢に行ってしまおうと決意していた。

それを引き止めようとして源氏は嵯峨の野宮をおとずれたのだが、御息所の決意をひるがえさせることはできない。野宮訪問の失敗がやがて御息所の不幸な死、生霊や死霊になって光源氏の周辺を呪う伏線になる。

天竜寺から二尊院へゆく竹藪の道は嵯峨野めぐりのメイン・ルート、そのなかほどに野宮神社がある。

伊勢の斎宮がきまるたびに嵯峨につくられたいくつもの野宮、そのひとつの野宮の跡地にたてられたのが野宮神社だが、ここの主人として精進潔斎し、やがて遠い伊勢に赴任していった斎宮は何という名の皇女だったか、たしかめられない。

■浄土は嵯峨の向こうに……

うつくしい姿をほこらしげに舞い踊る白拍子の姉妹、祇王《ぎおう》と妓女《ぎじょ》は平清盛の寵愛を一身にあつめていたが、やがて仏御前《ほとけごぜん》というライバルの出現で日陰においやられてしまう。西八条の宿舎にとじこもって不幸をなげいている姉妹のところへ清盛から使いがやってきて、あろうことか、仏御前をなぐさめるために舞え、踊れという。

いまはこれまで、祇王と妓女は死んでしまおうと決意したが、母をのこしての自殺は仏教が厳禁している「五逆罪」にあたる。やむなく出家することにした。

「かくて都にあるならば、また憂き目をも見んずらん。いまはただ都の外《ほか》へ出《いで》ん」とて祇王廿一にて尼になり、嵯峨の奥なる山里に、柴の庵をひきむすび、念仏してこそゐたりけれ。(『平家物語』・祇王)

祇王のあとを妓女が追い、そのあとを母も追ってきて髪をおろし、三人ともどもに念仏にあけくれていた。

かくて春すぎ夏たけぬ。秋の初風ふきぬれば、星合の空をながめつつ、あまのとわたるかぢの葉に、おもふこと書くころなれや、夕日のかげの西の山のはにかくるるを見ても、日の入りたまふところは西方浄土にてあんなり、いつしかわれらもかしこに生まれて、物をおもはで過ぐさむずらんと、かかるにつけても、過ぎにしかたの憂きことどもおもいつづけて、ただつきせぬは涙なり。

嵯峨は浄土の門である、前庭である、浄土は嵯峨の向う側にある——こういう考え方が平安の中期のころからつよくなった。

なによりも浄土往生にあこがれる気持ちがつよくなり、現世は浄土往生のための準備の時間にすぎないといった風潮が世を圧倒するようになった。

『平家物語』では祇王と妓女は嵯峨の奥の山里にかくれた、としか書いていないが、おなじ時代をあつかう『源平盛衰記』には「嵯峨の西山の奥に往生院という寺がある」と書いてある。法然上人の弟子の念仏房良鎮が創建したとつたえられるのが嵯峨の往生院だ。祇王と妓女が母とともに出家、隠棲したのはこの往生院だったのだろう。

嵯峨の向こうに浄土があると信じて生きている平安京のひとびとは、ショックをうけ、もう生きている意味はないとさとるとすぐに嵯峨に行ってしまう。嵯峨は浄土の入口である——嵯峨は浄土に近い——嵯峨は浄土そのものである——こういう考え方になっていたわけだ。

祇王と妓女は往生院に住み、念仏にあけくれ、生涯をとじた。往生院はまもなく荒れ果ててしまうが、明治になって復興され、『家物語』や『源平盛衰記』にちなんで「往生院祇王寺」と名づけられた。

秋の夕暮れ、このあたりに立って山の向こうに落ちてゆく夕日を見ていると、あの夕日の下に浄土があるのかもしれないという気分になってきて、祇王妓女のことがいっそう親しいものに感じられる。

## ■悲劇のヒロイン、横笛

『平家物語』には何人ものヒロインが登場する。横笛もそのひとりだ。

横笛は平清盛の娘、建礼門院徳子につかえる女房だ。その横笛に小松重盛（清盛の息子）につかえる斎藤時頼という武士が惚れこんで恋人になったが、時頼の父は身分のひくい女に熱中する息子の将来が心配になり、別れるように命じた。時頼は宮廷の滝口という役所につとめていたので滝口時頼ともよばれる下級役人だったのだ。

横笛との恋と父の命令の板ばさみになった時頼は出家し、滝口入道とよばれて嵯峨の往生院でひたすら浄土往生をねがう毎日をおくる。

捨てられた横笛が往生院に滝口入道をたずね、変わりない恋心をうったえようとする、その場面を読んでみよう。

あるくれがたに都をいでて、嵯峨の方へぞあくがれゆく。ころはきさらぎ十日あまりのことなれば、梅津の里の春風に、よそのにほひもなつかしく、大堰川の月影も、霞にこめておぼろなり。ひとかたならぬあはれさも、たれゆへとこそおもひけめ。往生院とは聞きたれども、さだかにいづれの房ともしらざれば、ここにやすらひ、かしこにたたずみ、たづねかぬるぞ無慘なる。(『平家物語』・横笛)

時頼は横笛と会うのを拒否し、高野山にのぼって、いよいよ僧の修業をかさねる。

■月が橋をわたる

横笛も髪をおろして尼になり、奈良の法華寺で生涯をおわった——というところで『平家物語』の横笛は姿を消してしまうのだが、おなじ悲恋物語をあつかった御伽草子『横笛草紙』では、横笛は往生院で滝口にすげなくされ、嵯峨野をさまよったあと、大堰川《おおい》(桂川）の千鳥ヶ淵に身をなげて死んでしまう。

千鳥が淵といふところに、上なる衣を木の枝にかけ、踏みならしたる草履をば岩の上にぬぎすてて、嵐の山の音、友呼ぶ千鳥、横笛が今を最後の泣く声は、いづれともなきあはれかな。むざんや横笛、西にむかひて手を合わせ、「南無西方彌陀如来、あかで別れし滝口と、おなじ台《うてな》に迎へさせたまへ」と、これを最後のことばにして、つひに身をこそ投げにける。惜しかるべき齢かな、年十七ともうすに、つひに空しくなりにけり。

千鳥ヶ淵は嵐山の下、渡月橋のすこし上流だ。往生院から千鳥ヶ淵にゆくには渡月橋をわたらなくてはならない。

渡月橋は九世紀のなかごろにはかけられていたといわれ、はじめは法輪寺橋とよばれていた。渡月橋の西の山の麓にあるのが法輪寺で、本尊の虚空蔵《こくぞう》菩薩にちなんで「嵯峨の虚空蔵さん」とよばれている。

三月の十三、十四の日には十三歳の子供がお参りをする「十三参り」がある。虚空蔵菩薩から福徳と智恵をさずけてもらったら、後をふりむかずに渡月橋をわたってかえらなくてはならない。後をふりむくと、せっかくさずかった福と智恵を落としてしまうというわ

渡月橋。六月、この橋の上を月がわたる

けだが、これは橋の神秘性を強調しているのだろう。

　法輪寺橋に「渡月橋」の別名をつけたのは亀山上皇だといわれる。月が橋をわたる光景を想像してつけた名前のように思うだろうが、想像ではない、じっさいに橋の上を月がわたるのだ。

　できることなら六月のはじめ、夕方ちかくなったら橋の上流に位置をきめて月の出を待っていると、橋の上を、北から南へ、アーチをえがいて月がわたる。そのとき、ためいきをつかないひとはいないはずだ。

　横笛は渡月橋をわたって千鳥ヶ淵に身をなげたのだが、彼女自身は浄土へ飛翔するつもりだったにちがいない。橋をわたる月を見て

滝口寺。本堂は老朽化が進む

いると、そうとしか実感できない。

■『滝口入道』と『平家物語』

祇王寺のとなり、すこしだけ坂をのぼったところに滝口寺がある。もともとは往生院の子院で、滝口時頼が横笛を避けてこもったのはここだったという伝承をもとに整備され、滝口寺となった。

横笛の恋ごころを拒絶した滝口は高野山にのぼって修業をかさねる。

その滝口のまえにあらわれたのが平家の総帥の平維盛《これもり》だ。維盛は讃岐の屋島の合戦で源氏にやぶれたあと紀州に上陸し、都にもどろうとしていた。

奇遇におどろいた滝口は、いまは俗世の妄

念をすてて出家するように維盛を説き、維盛は出家する。

高野から熊野へ参詣するうちにこの世のすべての執着から解きはなされた維盛は、観音の浄土といわれる海の彼方の普陀落山《ふだらくせん》めざし、那智の勝浦の浜から船出した。

平維盛が那智の海で普陀落渡海をとげる悲劇が『平家物語』の主題であり、滝口入道と横笛の悲恋は滝口を物語に登場させるための伏線になっている。

その滝口入道を主人公として書かれ、明治二七年（一八九四）に発表されたのが高山樗《たかやまちょ》牛《ぎゅう》の小説『滝口入道』だ。

往生院をたずねてきた横笛を追い返す、滝口の苦悩と決意が描写される文章を読んでみよう。


一切諸縁に離れたる身、今更返らぬ世の浮事《うきこと》を語り出でて何かせむ。聞きたまへや、女性《にょしょう》、何事も過ぎにし事は夢なれば、我に恨みありとな思いたまひそ。己に情《つれ》なき者の善知識となれる例《ためし》世に少からず、誠の道に入りし身のそを恨む謂れやある。されば遇うて益なき今宵の我、唯何事も言わず、此儘帰りたまえ。二言とは申すまじきぞ、聞き分けたまひしか、横笛殿。

高山樗牛は帝国大学の哲学科の学生のときにこの『滝口入道』を書き、読売新聞の歴史小説の懸賞に応募して首席で当選した。

『平家物語』に材をとってはいるが別の作品だということを考えながら、ふたつを比較して読んでみると、『平家物語』のほうがはるかに読みやすいことを発見して、おどろくひともいるだろう。

明治という時代が、思ったよりも遠いからだ——こういう解釈もありうるが、それとは別に、読者として、どのような階層を予定しているのか、その相違を考えるのも大切だということがわかってくる。

## ■小督《こごう》の琴の音

横笛が身をなげた千鳥ヶ淵の対岸、渡月橋の北詰めの上流から嵐電「嵐山駅」に抜ける小路に「小督塚」としるした、ちいさな石塚がある。

小督もまた源平合戦をいろどるヒロインのひとり、「宮中一の美人、琴の上手」だったと『平家物語』は語りはじめる。

小督は平清盛の娘の徳子につかえる女房だった。徳子は高倉天皇の中宮だが、恋人を失って悲しむ天皇のために、自分の女房の小督をさしだした。

小督には冷泉隆房《れいぜいたかふさ》という愛人がいたが、天皇の寵愛をうけるようになった小督は隆房を相手にしなくなり、失恋の痛手にたえかねた隆房は「死にたい」と言うようになった。隆房は清盛の娘の夫、そして高倉天皇もまた清盛の娘の徳子の夫だ。ふたりの婿が小督の恋の虜になったのを怒った清盛は「小督を罰せよ」と命じ、そうと知った小督は内裏を出て行方をくらましてしまう。

やがて、小督は嵯峨のあたりにいるらしいと噂するひとがあった。高倉天皇の命をうけて小督の行方をさがすのは源仲国《なかくに》という笛の名手、かつて小督の琴と合奏したこともある。

仲国はひろい嵯峨野をさまよいつつ、琴の音をたよりに小督をさがす。

> 亀山のあたりちかく、松のひとむらある方に、かすかに琴ぞ聞こえける。峯の嵐か、松風か、たづぬるひとの琴の音か、おぼつかなくはおもへども、駒をはやめてゆくほどに、片折戸したる内に、琴をぞひきすまされたる。ひかへてこれを聞きければ、すこしもまがふべうもなき小督殿の爪音《つまおと》なり。楽はなんぞと聞きければ、夫を想ふて恋ふと読む「想夫恋」といふ楽なり。（『平家物語』・小督）

傍点をつけた部分にはおぼえのあるひともおおいはずだ。筑前今様《いまよう》『黒田節』の歌詞にとりいれられ、「酒はのめのめ、のむならば」ではじまる民謡のなかでもさかんに歌われているのが「峯の嵐か、松風か……」の七五調の名文句だ。

仲国によってつれもどされた小督は高倉天皇とのあいだに皇女範子内親王をうんだが、すぐに清盛に知られてしまい、髪を切られて追放されてしまった。

二十年もすぎてから嵯峨で小督の姿をみたというひともいるし、洛北の大原にすんで仏道修業にはげんでいたという説もある。

範子内親王は葵祭の斎王になったこともある。葵祭の主役をつとめる範子内親王に、ものかげからそそがれる強い視線、それは生母小督のまなざしだ。

## ■角倉了以の保津川疏通事業

『虞美人草』の甲野さんと宗近君は天竜寺をみてから嵯峨駅にもどり、丹波ゆきの列車にのって亀岡でおりた。亀岡から保津川くだりの遊覧船にのって嵐山までひきかえそうという計画だ。

岸は二三度うねりを打って、音なき水を、停まる暇なきに、前へ前へと送る。重なる水の蹙《しじま》って行く、頭の上には、山城を屏風と囲ふ春の山が聳えて居る。逼《せま》りたる水は已むなく山と山の間に入る。帽に照る日の、忽《たちま》ちに影を失ふかと思へば舟は早くも山峡に入る。保津の瀬は是からである。（『虞美人草』）

舟は渡月橋の上流についた。

「その鼻を廻ると嵐山どす」と長い棹を舷のうちへ挿し込んだ船頭が云ふ。鳴る櫂に送られて、深い淵を滑る様に抜け出すと左右の岩が自ずから開いて、大悲閣の下に着いた。

遊覧船が着いたあたりが千鳥ヶ淵だが、甲野さんも宗近さんも横笛や滝口入道には興味がないようだ。高山樗牛が『滝口入道』の一作ではなばなしく文壇にデビューしたのは漱石が二十七歳のときだ、読まなかったとは思われないのだが——。

大悲閣は千光寺の別名で、嵐山の中腹にある。荒れはてていたのを角倉了以が再興して、保津川疏通工事で命をおとしたひとびとを供養した。

それまでの保津川は川底から巨岩がつきだし、舟がスムーズに通れなかった。了以は幕府の許可をうけ、火薬をしかけて石を割り、ハンマーでくだいた。丹波の豊富な産物が保津川の船便で京都におくられてくるようになったのは、了以の疏通工事の結果だ。

大悲閣には片手に石割りのハンマーをにぎり、ふといロープの円座にすわる了以の像が安置されている。

## ■『落柿舎《らくししゃ》の記』

漱石の『虞美人草』は紀行文でもないし、観光案内書でもない。横笛や滝口入道のことが書いてないのも不思議ではないが、それにしてももと、首をかしげたくなるのは、嵯峨野に来ていながら落柿舎にふれていない、そのことだ。落柿舎をたてた俳人の向井去来《きょらい》、あるいは去来の師の松尾芭蕉を、漱石は好きではなかったのだろうか。

嵯峨駅、大覚寺、そして落柿舎は三角形をなしている。

去来は長崎で医師をしていたが、家族とともに上京して洛東の聖護院《しょうごいん》に住み、天文学や暦の知識を活かして生活していた。

元禄(一六八八〜一七〇三)のはじめごろに嵯峨にあった一軒の古家を買いもとめて落柿舎と名づけ、俳人仲間のための俳諧道場とした。

落柿舎と名づけたのは去来自身で、その理由を『落柿舎の記』というみじかい文章で説明している。たのしい文章だ、全文を読んでみよう。

嵯峨にひとつの古家はべる。そのほとりに柿の木四十本あり。五とせ六とせ経ぬれ

落柿舎。芭蕉はここに滞在して『嵯峨日記』を書いた

ども、木の実ももちきたらず、代替《しろ》ゆるわざもきかねば、もし風雨に落とされなば王祥にも恥じよ、もし鳶烏にとられなば天の帝のめぐみにももれなむと、屋敷もるひとを、つねは挑み、ののしりけり。

　ことし八月の末、かしこにいたりぬ。おりふし、都より商人の来たり、立木に買いもとめんと一貫文さしだし、悦びかえりぬ。予はなおそこにとどまりけるに、ころころと屋根はしる音ひしひしと庭につぶるる声、夜すがら落ちもやまず。

　あくれば商人の見舞い来たり、梢つくづくと打ちながめ、我むこう髪のころより白髪の生えるまで此の事を業とはべれど、かくばかり落ちぬる柿を見ず。きのうの價、かえしくれたびてむや、と侘ぶ。いと便なければ、ゆるしやりぬ。

此者の帰りに、友どちの許《もと》へ消息おくるとて、みづから「落柿舎の去来」と書きはじめけり。

〽柿ぬしや木ずゑはちかきあらしやま

四〇本もの柿の木、いっせいに実が色づいたらさぞみごとな光景だろうが、それだけでは落柿舎ではない。一晩のうちにぜんぶの柿の実が落ちてしまったから落柿舎になった。

松尾芭蕉は元禄四年（一六九一）四月に去来のまねきをうけて落柿舎に滞在、『嵯峨日記』を書いた。

落柿舎は昔のあるじの作れるままにして、処々頽破す。中々に作《つくり》みがかれたる昔のさまより、今のあわれなるさまこそ、心とどまれ。彫《ほりもの》せし梁《うつばり》、畫《えが》ける壁も風に破れ、雨にぬれて、奇石怪松も葎《むぐら》の下にかくれたるに、竹縁の前に柚《ゆ》の木一もと、花芳《かんば》しければ

柚の花や昔しのばん料理の間
ほととぎす大竹藪をもる月夜

これは四月二〇日のこと、前の日に芭蕉は小督塚を見物した。

松尾の竹の中に小督屋敷と云うあり。すべて上下の嵯峨に三所あり、いづれか慥《たしか》ならむ。かの仲国が駒をとめたる処とて、駒留の橋と云う。此あたりにはべれば、暫《しばらく》これによるべきにや。墓は三間屋のとなり、藪の内にあり。しるしに桜を植ゑたり。かしこくも錦繍《きんしゆう》綾羅《りようら》の上に起臥《おきふ》して、ついに藪中の塵あくたとなれり。昭君村の柳、普女廟の花の昔もおもいやらる。

うきふしや竹の子となる人の果

嵐山藪の茂りや風の筋

## ■滑稽な仁和寺のお坊さん

いそがしくて花見に行けなかった――そういうとき、京都では「まだ御室《おむろ》の桜があるから」といった言い方をする。御室仁和寺の桜は遅咲きで有名だ。

仁和寺は洛西にあるのか、それとも洛北にあるとするのか？　京都のひとはこだわらないテーマだが、考えはじめるときりがない。洛西と洛北の境目の、斜めうしろにある、そういった感じだ。

中門をくぐって金堂のまえにたつと、伽藍と木々のほかに眺望をさえぎるものがないのに気づく。標高がたかく、京都駅前のタワーとおなじだと聞いて、納得する。

仁和寺は仁和四年（八八八）に完成したので仁和寺という名になった。いわゆる年号寺院、延暦寺や建仁寺のように格の高い寺だ。

光孝天皇の発願で建立がはじまり、つぎの宇多天皇の代に完成した。宇多上皇が第一世となり、代々の住職は皇族がつとめてきた。皇族が住職をつとめるのを門跡寺院というが、仁和寺は門跡寺院としてもっともふるい由緒をほこる。

格の高いことに反比例して、とでもいうように、仁和寺のお坊さんと滑稽なはなしは切ってもきれない関係にあるようだ。

仁和寺にある法師、年寄るまで石清水を拝まざりければ、心うく覚えて、あるとき思ひたちて、ただひとり、徒歩《かち》よりもうでけり。極楽寺・高良《こうら》などを拝みて、かばかりと心得て帰りにけり。（『徒然草』五二段）

仁和寺から京都南郊の石清水八幡宮まで歩くというと、たっぷり半日はかかる。半日かけて歩いていって極楽寺と高良社だけを参拝し、これが石清水八幡だと思いこんで帰ってきた。

仁和寺。皇族が代々の住職をつとめた門跡寺院

その体験をまわりのひとに吹聴するから、おかしなことになる。

そも、参りたる人ごとに山へのぼりしは、何事かありけん、ゆかしかりしかど、神へ参るこそ本意なれと思ひて、山までは見ず。

石清水八幡の本殿は、標高一四三メートルの男山の頂上にある。

極楽寺や高良社は男山の麓にあり、八幡の付属の寺や神社にすぎない。付属の寺社が本殿、本堂だと勘違いしているから、ほかのひとが汗をかきかき山道をのぼってゆくのを見ても、本殿はあの先にあるなどとは気づかなかった。

「すこしのことにも先達《せんだつ》はあらまほしきこと

なり。」

これが吉田兼好の感想だ。

仁和寺のお坊さんがからむもうひとつの滑稽は、祝いの座興のつもりで鼎《かなえ》をすっぽりと頭にかぶったのはいいが、ぴったりと嵌まってしまって、どうにも抜けなくなった法師のはなしだ。

医者に診察してもらったが、見たこともない聞いたこともないというばかりで、治療の手がない。藁の芯を顔の皮膚と鼎のあいだにさしこみ、ちからまかせに引きぬいたが、鼻も耳も千切れて穴があいてしまった——それだけのはなしだ。

こんなはなしを、吉田兼好はなぜ『徒然草』におさめたのか？

鼎をはずそうと四苦八苦する様子がおかしくて、自分ひとりの胸おさめておくのはもったいないと考えたからだろうか。

頸のまはりかけて、血垂《た》り、ただ腫れに腫れみちて、息もつまりければ、打ち割らんとすれど、たやすく割れず、響きて堪へがたかりければ、かなはで、すべきやうなくて、三足《みつあし》なる角の上に帷子《かたびら》をうちかけて、手をひき杖をつかせて、京なる医師のがり、率《い》て行きける道すがら、人の怪しみ見ること限りなし。医師のもとにさしいりて、向かいゐたりけんありさま、さこそ異様なりけめ。物を言ふも、くぐもり声に響きて、聞こえず。「かかることは文にも見えず、伝へたる教えもなし」といへばまた仁和寺に帰りて、親しき者、老いたる母など、枕上に寄りゐて泣き悲しめども、聞くならんとも覚えず。（五三段）

仁和寺は御室にある。僧坊を「室」というが、仁和寺の初世は宇多上皇だから尊称をつけて「御室」「御室御所」と呼んだ。それが仁和寺そのものの呼び名になり、この地区の地名ともなった。

なにからなにまで別格の仁和寺だからこそ滑稽なエピソードがあざやかになる、そういう効果を考えた兼好だろう。

仁和寺の正面に見えるのが双ケ丘《ならびがおか》、東の麓の長泉寺に吉田兼好の墓がある。仁和寺のうしろにあるのが標高二三〇メートルの大内山《おおうち》で、仁和寺の山号ともなっている。大内とは内裏や禁中の別称だ。

大内山の麓に御室八十八ヵ所がある。四国八十八ヵ所めぐりのミニチュアといえばわかりやすいだろうか、第一番札所の竺和山霊山寺からはじまって八十八番の医王山大窪寺まで、ちいさなお堂がたてられている。

ゆっくりまわると二時間はかかるが、京都の市街を見下ろすコースは意外な展望を発見させてくれる。

## ■才女、小式部内侍《こしきぶのないし》

大江山いく野の道の遠ければ
　まだふみもみず天の橋立

作者は小式部内侍。この歌は『金葉集』におさめられ、百人一首でも有名だ、得意の札にしているひともあるだろう。

背景を知らないと意味をとりにくい歌があるが、これもそのひとつだ。

小式部内侍の母は「恋おおき女」として有名な和泉式部、このころは丹後守の藤原保昌《やすまさ》と結婚、保昌とともに丹後に赴任していた。母の留守のあいだに宮中で歌合《うたあわせ》があり、小式部も出席して歌を詠むことになった。

定頼の中納言、たはぶれに小式部内侍に「丹後へつかはしけるひとは、まいりにたるや」と言ひいれて、局のまへを過ぎられけるを、小式部内侍御簾《みす》よりなかば出でて、直衣《のうし》の袖をひかへて、

大江山いく野の道の遠ければ
　まだふみもみず天の橋立

と詠みかかりけり。

　思はずにあさましくて、「こはいかに」とばかり言ひて、返しにもおよばず、袖をひきはなちて逃げられにけり。小式部、これより歌詠みの世おぼえいできにけり。

（『古今著聞集』巻第五）

　小娘とあなどり、ちょいとからかった定頼が、こっぴどく報復された。歌で挑戦されたからには返歌をするのがルールだが、それさえもできず、定頼はすごすご退散するしかなかった。機転一発、小式部内侍は歌の名人として宮中の地位をたかめる。

　小式部内侍は嘲笑の対象にされてあたりまえだという雰囲気があった。

　母の和泉式部は「恋おおき女」だから、あっちの男からこっちの男へとうろつきまわって、「なかなか帰らない」というイメージがつくられ、娘の小式部にたいする嘲笑の前提になる。

「あんたの歌の実の作者はおかあさんにきまっているよ、ちゃーんとわかっているんだからね」という軽蔑、悪意もこもっている。

小式部がぴしゃっとやりかえす。

——大江山や生野をこえて行くのです、まだ天の橋立さえ踏んではいないはずですよ。「踏みもみず」が「文も見ず——手紙が来るはずもない」に、「いく野」が「生野」にかかっている。丹後の中心は宮津、その宮津に天橋立の名勝がある。

では、大江山はどこか？

これについては、むかしから二説がある。まずひとつは京都市西京区大枝《おおえ》の沓掛《くつかけ》から老《おい》ノ坂をこえて丹波に出る峠、もうひとつはずっと北の丹波と丹後の境にある大江山（千丈ヶ嶽）のふたつだ。

大江山、そして生野とつづくのだから老ノ坂のことだという説にも説得力はある。室町時代にはここに大江の関があった確証があるから、大枝も老ノ坂も大江も「オオエ」から出た別の文字表記なのだ。生野は但馬の地名だから、もしも小式部内侍が丹波丹後国境の大江山を言うのなら「生野、大江山」の順序でなければならない、という理屈の展開になる。

これにたいして両丹国境の大江山を指示する説の有力な根拠は、たんに大江というならどちらか決定しがたいが、彼女ははっきりと大江山と「山」をつけて言っている、だからこっちだ、という理屈になる。

小式部内侍自身に聞いてみなければ断定できないわけだが、感じとしては彼女は老ノ坂を意識していたのだと思う。「あの峠の、ずーっと向こうの丹後の国に母は行っている」という感覚なのだ。丹波丹後国境の大江山では丹後そのもの、天橋立はすぐそこだから「まだふみもみず」の気分は出てこない。

あの峠をこえると丹波の国——ためいきをつく思いで、平安人は老ノ坂をみあげていたはずだ。

いまは老ノ坂亀岡道路があり、トンネルをこえると、あっというまに丹波の亀岡だ。ためいきをつくにしても「丹波は遠い」からではなく、自動車の渋滞に、怒りと絶望のためいきをつく。

## ■源頼光の鬼退治グループ

老ノ坂亀岡道路のトンネルの京都側のあたりに「首塚」という地名がある。

明智光秀は、中国の征伐にでかけると称して亀岡を出発、この老ノ坂をこえたところで「敵は本能寺にあり！」とさけんでUターン進撃、一気に京都に攻めこんで本能寺の織田信長をたおした。

ここに首塚があるというと光秀の関係かと思うだろうが、そうではなくて、お伽話で有名な酒呑童子《しゅてんどうじ》の首がうめられている。

小式部内侍の母、和泉式部の最後の恋人の藤原保昌は武勇のひととして有名だ。平安京がさびれ、たくさんの盗賊が出没したころ、盗賊の首領としておそれられていたのが袴垂《はかまだれ》保輔《やすすけ》だが、この袴垂をギャフンと言わせたのが藤原保昌だ。

保昌の武勇と、丹後守として赴任していったはなしがかさなって保昌が丹後の鬼どもの首領の酒呑童子を退治したドラマがうまれた。

天皇の命をうけて、源頼光が鬼退治グループを編成する。頼光といえば頼光四天王である、渡辺綱・坂田公時《きんとき》・碓井定光・卜部《うらべ》末武《すえたけ》の四天王に客分の藤原保昌がくわわり、頼光とあわせて六人が山伏姿に変装して丹後にむかい、大江山の酒呑童子の巣窟で大活躍を演じる。

まづ頼光の笈《おい》には、らんでん鎖ともうして緋縅《ひおどし》の御鎧、おなじ毛の五枚甲《かぶと》に、獅子王とこそもうしける、ちすいともうせし剣二尺一寸候ひしを、笈のなかにぞ入れたまふ。

保昌は紫絨の腹巻に、おなじ毛の甲を添へ、岩切ともうして二尺ありける小長刀、ふたえに金をのべつけて、三束あまりにねじきりて、笈のなかにぞ入れたまふ。（『御伽草子』「酒呑童子」）

JR山陰線の福知山駅から宮津まで北近畿タンゴ鉄道の宮福線が開通した。「大江」でおりると、駅前広場には鬼が勢ぞろいしてむかえてくれる。町起こし政策の重点が鬼だから、大江の町のどこに行っても鬼に出会う。大江山の登り口には、コンクリートでつくった頼光一行の山伏姿も見られる。

鬼どもの首をもって頼光一行は京都に凱旋するが、重くてたまらなくなり、老ノ坂に捨ててしまった、それが首塚明神として祀られるようになったと説明するのは『御伽草子』の「酒呑童子」とは別の伝説だ。

老ノ坂の大江でも、丹波丹後国境の大江山でも、どちらでもかまわない。京都の向こうにはおそろしい鬼が住んでいるんだぞ、というはなしが成立すればよかったらしい。

祇園祭では鉾と山がたてられ、巡行する。山のひとつに「保昌《ほうしょう》山」がある。これは藤原保昌と和泉式部の恋物語をテーマにしたもので、内裏の紫宸殿の紅梅の一枝を折りとった保昌が式部にわたそうとする場面が人形でつくられている。

七月十七日——山鉾が四条河原町から北にむかって巡行する。保昌山が河原町通の六角通をすぎるとき、思いだしてほしい。

——誠心院《じょうしんいん》はこのちかくじゃなかったかな?

河原町通に並行する新京極と六角通の交差点をすこし下がると通称を「和泉式部寺」という誠心院があり、ここに和泉式部の墓がある。

# 第5章

# 洛南

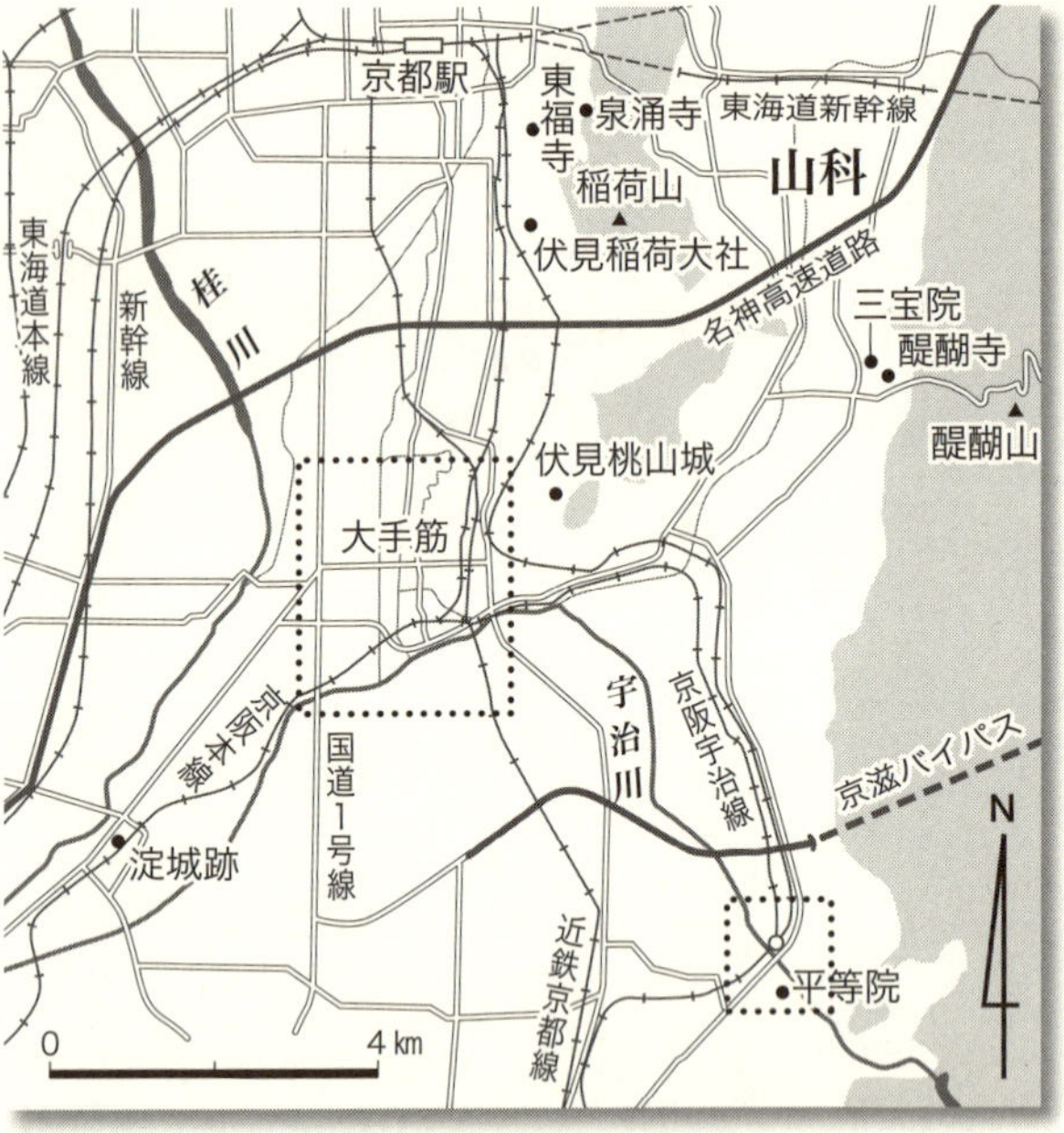
京都駅
東福寺
泉涌寺
東海道新幹線
山科
稲荷山
伏見稲荷大社
名神高速道路
三宝院
醍醐寺
醍醐山
東海道本線
新幹線
桂川
伏見桃山城
大手筋
宇治川
京阪宇治線
京阪本線
国道1号線
京滋バイパス
N
淀城跡
近鉄京都線
平等院
0
4㎞

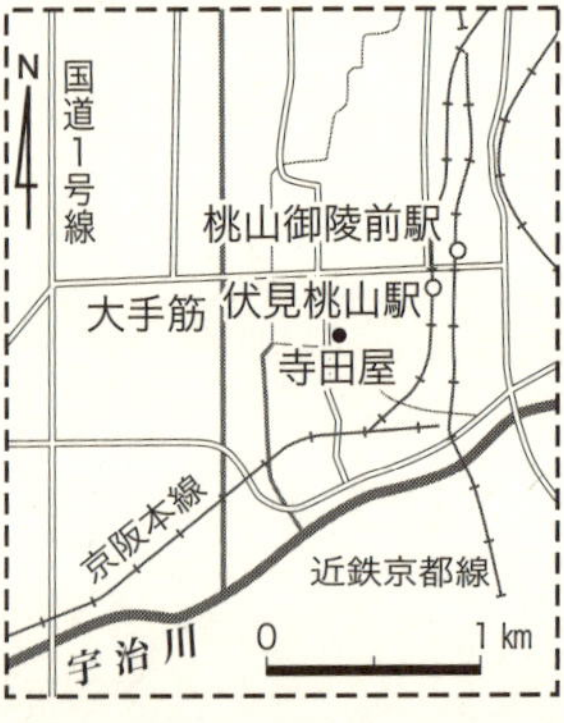
N
国道1号線
桃山御陵前駅
大手筋
伏見桃山駅
寺田屋
京阪本線
近鉄京都線
宇治川
0
1㎞

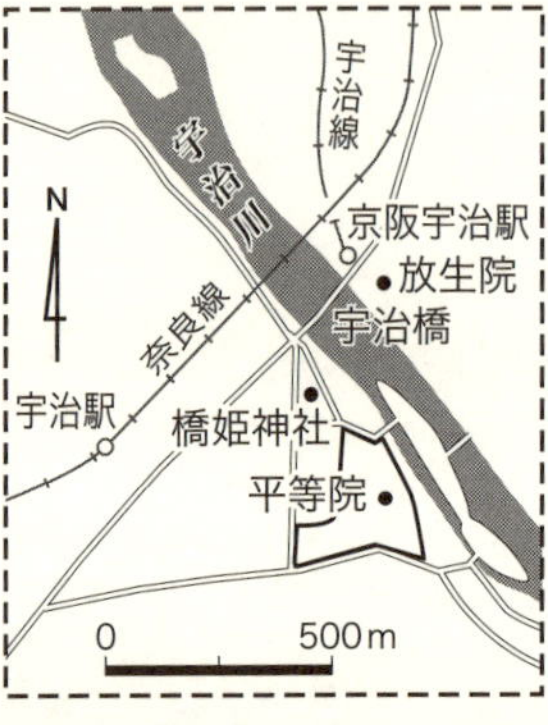
宇治線
宇治川
N
京阪宇治駅
放生院
奈良線
宇治橋
宇治駅
橋姫神社
平等院
0
500m

## ■商業の神さま？

稲荷という名の神社は四万以上もあるそうだが、その総本社が伏見稲荷大社だ。

「どうしてわたしは、わざわざこんな日にお参りにやってきたのかしら……」

汗をぬぐいつつ、なさけないためいきをつく清少納言。

彼女の気持ちを考えるのはあとにまわし、稲荷の歴史を簡単にふりかえってみる。

東山三十六峰の最北の峰が比叡山、最南が稲荷山。東から一ノ峰二ノ峰、三ノ峰の三峰をあわせて稲荷山といい、標高二三三メートルの一ノ峰が最高峰。

山の麓から鴨川や桂川にかけてひろがる肥沃な土地に、秦氏を中心にする生活がひらけていた。

このころの日本人は、高い山の頂上や大木の梢には神が降りてくると信じていた。神が降臨してくるポイントとして信仰をあつめた山が神奈備《かんなび》山だ。稲荷山も神奈備山として信仰をあつめ、その信仰が「稲成り——イネナリ」の伝説としてひろまっていった。

伊奈利《いなり》といふは、秦中家忌寸らが遠つ祖、伊侶具《いろぐ》の秦公《はたのきみ》、稲粱《いね》を積みて富み裕《さきわ》ひき。すなはち餅をもちひて的《いくは》となししかば、白き鳥となりて飛びかけりて山の峰に降り、伊禰《いね》、奈利生《なりお》ひき。つひに社の名となしき。

伏見稲荷大社。全国の稲荷神社の総本社だ

その苗裔《すえ》にいたり、さきの過ちを悔いて、社の木を抜じて家に殖ゑて禱《の》みまつりき。いま、その木を殖ゑて蘇《い》きば福《さきわい》を得、その木を殖ゑて枯れば福あらず。

（『風土記・逸文』山城国）

富みさかえた秦氏の長者がコメの餅を的にして矢を射るあそびをやっていたら、的はたちまち白い鳥になって飛びさり、稲荷山に降りた。

その場にイネが生えたので、社をたてて傲慢を謝罪するあかしとし、あわせて穀物の豊穣を祈った、それが稲荷社のはじまりだという。神奈備の信仰と白鳥信仰が合体した感じの伝説だ。

そもそもはイネからはじまったのが稲荷信

仰だから、お稲荷さんといえば商業の神さまになっている現状とは、どこかでくいちがっている。

平安京ができたとき、稲荷神社はすばやく弘法大師空海と手をむすび、東寺の鎮守社に指定された。これから稲荷神社と京都市民とのつながりができ、農業よりも商業に重点をおくかたちの信仰ができあがったらしい。

あたらしい時代の姿をすばやく見ぬくところは、商業の神さまとして尊敬されるにふさわしい。

## ■清少納言の稲荷参詣

八坂神社の氏子の区域は五条から北、五条から南は稲荷神社の氏子の区域として二分された。だからといって、わたしは八坂神社の氏子だから稲荷神社なんか知らないよ、とは言っていられない。

本格的に稲荷参詣をするとなると、三千以上の赤い鳥居をくぐって約四キロの坂道をのぼり、上・中・下の三社をお参りして降りてくる。宮中ぐらしで運動不足の清少納言にはそれだけでも大変なことだ。

稲荷におもひおこして詣でたるに、中の御社のほど、わりなう苦しきを、念じ登るに、いささか苦しげもなく、おくれて来《く》と見る者どもの、ただ行きに先に立ちて詣づる、いとめでたし（『枕草子』一五一段）

中ノ社あたりではやくも息がきれ、それでも我慢して登ってゆくと、後からくるはずのひとが息もきらさずに追いこしてゆく。そういうひとの、颯爽としたうしろ姿がうらやましくなる。

二月の最初の午の日を「初午」といって、稲荷神社の大祭の日。この日にお参りすると「しるしの杉」をいだける。『風土記』に「その木を殖ゑて蘇きば福を得、その木を殖ゑて枯れば福あらず」と書いてあるのが「しるしの杉」だ。

二月午の日の暁にいそぎしかど、坂のなからばかり歩みしかば、巳《み》の時ばかりになりけり。

やうやう暑くさへなりて、まことにわびしくて、など、かからでよき日もあらんものを、なにしに詣でつらんとまで、涙もおちてやすみ困《こう》ずるに、四十余ばかりなる女の、壺装束《つぼそうぞく》などにはあらで、ただ引きはこえたるが「まろは七度まうでしはべるぞ、三度はまうでぬ。いま四度はことにもあらず。まだ未《ひつじ》に下向すべし」と、道にあひたる人にうちいひて下りいきしこそ、ただなるところには目にもとまるまじきに、これが身にただいまならばと、おぼえしか。

初午の雑踏のなか、平然として七度参りをやってのける女がいる。地位も身分もない女にきまっているが、こういう時と場合だからこそ、抜群の精彩をはなっている。この日ばかりは清少納言も、自分もああいう女であったならばと思わずにはいられない。

## ■伏見城は何のために作られたか?

東山三十六峰は稲荷山でおわり、ここから南はなだらかな丘陵がつづく。深草の里をすぎると、標高一〇八メートルの伏見山がみえてくる。

天正二〇年(一五九二)八月に豊臣秀吉が伏見山の中腹に別荘をつくりはじめてから、しずかな伏見の里は一変した。

別荘が城になり、周辺には大名屋敷がたちならび、淀の港と城が廃止されて伏見にうつり、宇治川が伏見山のすぐ南をながれるように強引に変えられて伏見港になった。

伏見城の寿命はみじかかったし、秀吉といえば大阪城の印象がつよいこともあって、伏見城の性格は曖昧なままになっている。

伏見城とは何であったのか?

日本国の政庁である。

秀吉が伏見城をつくったことによって日本という国の姿が鮮明になってきた——こう言い換えてもいい。

それなら大阪城は何であったかといえば、豊臣秀吉という大名の居城だ。徳川家康の江戸城、伊達政宗の青葉城(仙台城)、上杉景勝の会津城などとおなじ性格の大名の居城にすぎない。日本国の政庁の伏見城とはぜんぜん性格がちがう。

秀吉は、とんでもない大事業にとりかかっていた。大阪城はもちろん、京都の宮廷や聚楽第でさえその大事業の総本部にはふさわしくない、だから伏見城をたてた。

その大事業とは何であったかというと、朝鮮国と明国に軍隊を出して占領してしまおうというものだった。

## ■小西行長の苦悩

文禄元年(一五九二)に日本の軍隊は海をわたって戦闘をはじめ、一気に平壌にまで攻めこんだ。秀吉は、自分も戦場に行くつもりになった。

大名のなかにも、非道無謀な朝鮮出兵には反対するものが多かった。和泉の堺に本拠をおくキリシタン大名で、この戦争の司令官の立場にあった小西行長などは戦争を中止させようとして、ひそかに奔走していた。

行長は、秀吉の病状が悪化していると見ている。

朝鮮での戦闘はいまは休戦になり、和平交渉がはじまっている。和平の交渉をながびかせ、秀吉が死ぬのを待とうというのが行長や朝鮮国、明国の姿勢だった。

苦悩する小西行長を主人公にしたのが遠藤周作の小説『鉄の首枷』だ。

和平交渉は伏見城でおこなわれる。

伏見にやってくる使者は、いつわりの全面降伏の書状を提出するだろう。それを読む秀吉は勝ちほこり、残酷無道な条件を両国の使者につきつけるが、それはまた、いつわりの書状に書きかえられて両国の朝廷に提出されるはずだ。

それをくりかえして時間をかせいでいるうちに秀吉は死んでしまうと行長は見ているのだが——

誰がこの時、大地震を予想していたであろう。誰がこの時、最終の舞台を狂わせるものが、人間ではなくて天変地異だったと予知していたであろう。それは前例のないほど大きな地震だった。しかもその地震は長年にわたる行長と沈惟敬《ちんいけい》の工作、苦心の上にも苦心を重ねた仕上げまでゆすぶり、ひびを入れたのである。

慶長元年（一五九六）の伏見地震、それは震度五ないし六にあたる猛烈なものだった。閏七月十三日未明午前三時、地鳴りがした。大地が震えた。冊封使《さくほうし》たちが謁見を受ける伏見城の天守閣は音をたてて崩れおちた。天守閣だけではなく、城を形づくるすべての建物も包厨を除いて大破した。城内の多くの男女が死に、城下町の緒将の邸、ほとんどの民家も崩壊した。地震は伏見だけではなく京、大阪にも及んだ。京都でも「死人その数を知らず、鳥部野の烟は断えず」という有様だった。余震は翌日から数ヵ月も続いてやまなかった。

秀吉は伏見城の再建を命じ、自分は大阪にうつると同時に朝鮮での戦闘再開を命令したから、秀吉の死をねがうひとは朝鮮ではもちろん、日本でもますます増えていった。伏見城は前にもまして壮麗、豪華に再建され、秀吉は大阪からもどってきた。秀吉が六三年の生涯を伏見城でおわるのは慶長三年のことだ。

秀吉が死んで、朝鮮の戦争はおわった。秀吉が生きているあいだは、だれも正面きって「戦争をやめましょう」とは言えなかったのだ。

それから二年後の関ヶ原合戦――小西行長は西軍の将として敗北を喫した。捕虜になり、「裸馬に乗せられ、首には鉄枷をはめられ、顔には蔽いがかけられ」た行長は堺と大阪、そして京都市内を引きまわされたあと、鴨川の六条河原で処刑される。

今や鉄の首枷をはずす時が来た。彼はもうただ一つのことのほかは何も望まない。何も見えない。彼の鉄の首枷だった現世での野望も野心も消え去ったのである。今まで肌身から離さなかったキリストと聖母の絵（これはカロロ五世王の妹であるポルトガル王妃からの贈物だった）を行長は両手で捧げ、三度、頭上に頂き、「晴朗なる顔をもってしばらく天上へ両眼を見据えてから御絵を眺め」（家入敏光訳）、介錯人に首をさしだした。その首を介錯人は三太刀で前に落とした。

## ■坂本龍馬襲撃事件

伏見の町の繁華街は大手筋や京町だ。このあたりでは井伊掃部《かもん》、長岡越中、筒井伊賀といった大名屋敷の跡地がそのまま町名になって、城下町伏見の名残をみせている。

京橋の東の寺田屋は伏見港から京都に往来するひとのための船宿だった。

薩摩藩御用宿の指定をうけていたから、幕末の政争では尊皇攘夷の志士がはげしく出入りし、さまざまなドラマをくりひろげた。

旅館というよりは、船便を手配し、船が出るまで客を休ませ、ときには政治の情報もやりとりする旅行業者というのがいい。土佐の坂本龍馬が寺田屋を定宿みたいにしていたのは事実だが、ただのお客ではなかった。

慶応二年（一八六六）正月に長州藩と薩摩藩のあいだを仲介して倒幕同盟をむすばせた龍馬は、その直後、寺田屋で幕府の捕吏におそわれた。

奇妙なことに気づいた。

湯気が、流れているのである。

（なんだ。……）

と、おりょうはわれながら、自分のうかつさがおかしくなった。窓があいている。

窓は裏通りに面している。

おりょうは手をのばしてそれを閉めようとして、あっと声をのんだ。

裏通りに、びっしりとひとがならんでおり、提灯が動いている。

（捕吏。……）

と思ったとたん、おりょうはそのままの姿で湯殿をとびだした。自分が裸でいる、などは考えもしなかった。

裏階段から夢中で二階へあがり、奥の一室にとびこむや、

「坂本さま、三吉《みよし》さま、捕り方でございます」

と、小さく、しかし鋭く叫んだ。

龍馬はその言葉よりも、むしろおりょうの裸に驚いた。昂奮しているせいか、目にまばゆいほどに、桃色に息づいている。

「おりょう、なにか着けろ」

と言いすて、三吉慎蔵をふりかえった。慎蔵は、よし、というようにきっぱりとうなずき、手槍をかきよせた。（司馬遼太郎『竜馬がゆく』）

龍馬（竜馬）はピストルで、三吉慎蔵は手槍でたたかったが、多勢に無勢、龍馬は手に傷をうける。しかし、おりょうの知らせで薩摩藩の伏見屋敷からの救援がかけつけ、からくも危機を脱した。

幕末の政争では、龍馬が幕府の捕吏におそわれた事件よりも、その四年前の文久二年（一八六二）四月の寺田屋事件のほうが重要だ。薩摩藩の攘夷派志士が同士討ちをしたこの事件によって明治維新の性格が、それまでとはすっかり違ってしまったのだ。

寺田屋。薩摩藩御用宿の船宿

しかし寺田屋事件の政治的な背景が複雑なのと、討つ側と討たれる側の人数もおおく、記憶しにくいこともあって、寺田屋というと坂本龍馬襲撃事件のほうがポピュラーになっているようだ。

## ■千利休と秀吉の対立

京都から大阪をへて瀬戸内海につながる淀川の水運——秀吉が伏見の城下町と伏見港をつくるまでは淀の津がターミナルだった。秀吉の愛妾の淀君が秀頼を産んだのもこの淀城だ。

天正一九年（一五九一）二月一三日の夜、淀の津からあわただしく小舟にのりこんだひとがいる、千利休だ。

利休は大徳寺の三門を寄進し、楼上に自分の寿像をおいた。これが秀吉と利休の対立に火をつけた。

秀吉は大徳寺の利休の寿像をひきずりおろし、利休にたいして堺への追放を宣告した。追放だけではない、堺にさがって、処罰を待てというものだった。

秀吉の怒りの言葉をうけとった利休は、その夜のうちに上京の葭屋《よしや》町の屋敷を出て淀にはしり、堺にもどる。

どのような処罰がくだされるのか、いまはわからないにしても、天下人秀吉の口から怒りの言葉が吐かれるのだ、あまいものであるはずはない。淀から小舟にのりこんだ利休はすでに罪人の境遇だった。

となれば、秀吉の怒りをおそれるあまり、堺に退去する利休を見送るものがあるはずはない。

ところが、見送るひとがいた。

苫《とま》の庇《ひさし》の下から、ふと向ふの川岸を眺めた利休は、夕影の濃い松並木に白と青毛の馬首をならべて、よそながらの名残り惜しみの風情で立つ二人を見つけた。彼の大きな眼は涙でいっぱいになった。いまでもその時のことは利休の瞳を熱くうるませる。二人のこころ遣ひがうれしく、悲しく、こんな別れ方しかできなかった身の転変が、あらたに胸にしみ透るのであった。(野上彌生子『秀吉と利休』)

追われる利休の船を見送ったのは細川忠興《ただおき》(三斎)と古田織部《おりべ》だった。利休がもっとも愛した茶の弟子で、利休七哲のうちにかぞえられる。

師の利休が堺に追放されるのを知ったふたりは、馬をとばして淀の船着場まで先まわりし、師が舟にのりこむのをこっそりと見送ったのだ。

このころは地位もひくい、規模もちいさい大名にすぎない弟子のふたりが危険をおかして淀の船着場まで師を見送った——秀吉はこういう人間の関係を危険と見たわけだろう。茶の世界の師弟関係は武士の上下関係をのりこえることがある、見のがしてはおけぬと考えたのではないか。

堺にさがった利休について、いずれは秀吉に謝罪を申し出るだろうという観測がつよかったし、利休の親友のあいだでは真剣な助命運動もおこったのだが、そういうことを利休は、すべて謝絶した。

ふたたび京都に呼びもどされた利休を待っていたのは、秀吉の切腹命令だった。

秀吉が淀の城と港の設備をすべて破壊し、伏見の城と城下町、港をつくったのは利休の切腹から三年後の文禄三年（一五九四）のことだ。

宇治から伏見をへて淀にゆく宇治川のながれも大きく変えられた。ものかげに身をかくすようにして師を見送る忠興と織部、その姿を見つけて歓喜する船のなかの利休——三人のたたずまいをしのばせる景色もすっかり失われてしまった。それこそ秀吉ののぞんだものだったかもしれない。

京阪電車の淀駅のとなりが淀城跡として整備されているが、これは秀吉のころの淀城の跡ではなくて、徳川幕府がつくったあたらしい淀城の跡地だ。

豊臣家をほろぼした徳川幕府は伏見城も破壊してしまう。城跡に桃の木がうえられ、伏見山が桃山といわれるようになった。秀吉が伏見に城をかまえていた時代を、さかのぼって「伏見桃山時代」とよぶようになるのを、秀吉自身は知らない。

伏見の城がなくなると、京都の防衛に不安が出てきた。京都の朝廷を監視するのは京都所司代の役目だが、兵力に不安がある。そこで幕府はあらためて淀城をつくり、松平定綱を初代の城主にした。元和九年（一六二三）のことだ。

あたらしい淀の城下町には二台の水車がつくられ、淀川の水を城内にひきこんでいた。二台の水車は名物となり、小唄にうたわれた。

〽淀の川瀬のあの水車
　だれを待つやらくるくると

野暮なことだが注釈しておくと、「くるくると」は「来る来ると」にかけてある。「そのうちに、きっとまた来るよ」と口で言うだけで、さっぱりやってこないひとへの恨みの小唄だ。

## ■醍醐の花見

伏見山の西が伏見の里、東が醍醐や小野、日野の里。

高くないとはいえ山越えの道だから、よほどの用事がないかぎりは往来はすくなかったようだ。いいかえると、山科や醍醐、小野や日野の里はそれだけで自給自足が可能な桃源郷のちからをもっていた土地だ。

ひごろは往来のすくない伏見から醍醐へ、大規模な行列が移動したことがある。豊臣秀吉が醍醐で盛大な花見をやったのだ。

慶長三年（一五九八）の早春——まだ朝鮮での戦争はおわっていない——秀吉から夫人の北政所にあてて、醍醐の花見に誘う言葉がとどけられた。誘いにこたえる北政所の返書がある。

一筆申し上げまゐらせ候。この春、醍醐の春に逢ひ候へとの御をとずれ、こよなう御うれしく存じまいらせ候。まことにうつしゐの花にのみ、としどし山家の花をながめ、春を暮らしはべりつる、あさからぬ御沙汰ども、いとめでたく存じまいらせ候。局々もめしつれ候へのよし、つもりぬる鬱々を、醍醐の山の春風に散らしすてんこと、おさおさしき恩風にてこそ候へ。くはしくは孝蔵主申しあげ候はんまま、筆をとめ参らせ候。めでたく、かしこ。

正月十五日　　北政所内　小少将（小瀬甫庵『太閤記』）

秀吉の意向を尼僧の孝蔵主《こうぞうす》が北政所につたえ、政所の承諾の意向を小少将という侍女がくみとって代筆し、秀吉にかえした。

手続きが複雑だから敬語のつかいかたが上がったり下がったりしている——ということはどうでもいいのだが、「醍醐の春に逢ひ候へ」の一句にこめられた気分をとっくりと味わってもらいたい。

小西行長が期待したほどでなかったものの、秀吉の病状は日に日に悪化の一途をたどっていた。

秀吉自身もそろそろ覚悟をきめていただろうし、それは北政所にもわかっている、おとろえる気力をふるいたたせようとしての花見の計画にちがいない、と。そういうなかで書かれたのが「醍醐の春に逢ひ候へ」だった。「春に逢う」の一語に、健康と長寿がイメージされている。

## ■秀吉のお花見計画

さて、秀吉の醍醐の花見――桜の花を観ながら一日をのんびりとすごしましょうといった、呑気で手軽なものではない。

前の年に醍醐寺に参詣したとき秀吉は、五重塔が荒れはてているのを修復せよと千五百石の領地を寄贈している。このときに来年春の花見の計画がうかんだらしい。

年がかわって慶長三年の二月には二回にわたって醍醐寺をおとずれ、「ここに模擬の茶屋を、あっちには洒落た庵を」と、こまごまとした指図をくだした。

醍醐寺は上醍醐と下醍醐にわかれている。下醍醐のひろい境内のすべてが花見の舞台に仕立てられた。

近江、河内、和泉、山城の四ヵ国からみごとに花を咲かせた桜の銘木が七〇〇本もあつ

醍醐寺の唐門。創建当時の姿に修復されている

められたという記録がのこっている。その桜の木はいまでも醍醐の花見の主役だ。

伏見から醍醐寺への道の両側には埒《らち》（柵）をむすばせ、警護の役人をならばせた。醍醐寺の伽藍の中心は三宝院だが、その三宝院の周囲の五十町には三町ごとに番所をたてさせ、それぞれ役人を警護させた

いよいよ三月十五日、秀吉を先頭にして秀頼、北政所、そして秀吉の側妾が五人、それぞれ多人数の武士にまもられて伏見からのりこんできた。

秀頼が楽しめるようにと、わざわざつくられたのが小舟にのせた操り人形だ。

中将秀頼卿のお慰みのため、庭の遣《や》り水に小舟をつくり人形を乗せ、岩に当た

り、おどろきあへぬる躰《てい》は誰人かと疑いにけり。また鷹巣をつくり、餌乞いの声を出し、とらへぬる躰、たくめば、げにたくまるるものやと思はれぬ。これやうの操りもの多かれば、羽林（秀頼）のご機嫌、ことのほかにぞ良かりける。（『太閤記』）

秀吉は機嫌よく、来年の花見も楽しみにしておるぞと言いのこして伏見にもどっていったが、それは実現しなかった。醍醐から伏見にもどった秀吉はまもなく起きあがれなくなり、半年後に死んでしまう。

## ■醍醐の味ってどんな味？

醍醐寺をたてたのは奈良の東大寺の聖法上人といい、醍醐寺が修験道の中心となったところから修験道の中興の祖といわれている。真言密教の聖地にふさわしい地をもとめていた聖法上人は、醍醐山（そのころは笠取山）に五色の雲がたなびいているのに天啓をうけて、頂上にのぼった。

聖法のまえにひとりの老人があらわれ、泉の水を手ですくって飲み、「ああ、これがまことの醍醐味じゃ！」と、感に堪えない声で言った。

醍醐味とは聞きずてならない言葉だから聖法がたずねると、老人は、自分はこの地の地主神の横尾明神の化身であるとうちあけた。念のために聖法が泉の水を飲んでみると、まごうことなき醍醐味であった。

醍醐味の水が湧き出ているからには、ここは聖地にふさわしい場所である。聖法は草庵をむすび、准胝《じゅんてい》と如意輪の観音をまつった。これが醍醐寺のはじまりだ。

醍醐とは何か？　ヨーグルトの上澄みのような飲物らしい。

それとはまた別に、仏の智恵をそそぎこむことを「醍醐の灌頂」といい、仏教の世界では最高の境地をしめしている。仏の教えの深く貴いことを「醍醐の法味《ほうみ》」ということもある。それと、ヨーグルトの上澄みみたいな飲物とがかさなって、最上の飲物の味を表現する醍醐味という言葉が定着したようだ。

下醍醐から上醍醐までは、かなり急な坂道をのぼって一時間以上はかかる。なかなか苦しい登りだが、上醍醐の清滝宮の拝殿の横から湧き出ているのがほんものの醍醐の法水だから、苦しい登りをやってのけ、醍醐の法水を飲まなければ醍醐寺に参詣したとはいえないのかもしれない。

## ■上流階級の儀式

いまでは誰も彼もが花見をやるけれども、そもそも花見とは釈迦の誕生をいわう「桜会《さくらえ》——花まつり」からはじまったもので、朝廷がおこなう仏教の行事だった。

まずはじめに法会《ほうえ》がおこなわれ、それから桜会にうつる。法会と桜会とは別々のものではない。

醍醐寺の桜会は醍醐天皇がちからを入れたこともあって、桜会といえば醍醐寺の桜会をさすようになっていた。庶民とは縁がなく、皇族や公卿、僧侶だけのものだった。

——上流階級のひとだけが花見をやるなんて、けしからん！

こういう意見もありうるわけだが、そもそもは仏教の儀式なのだから、これは上流階級の義務だと考えられる。となると、庶民としては「けしからん！」どころか、「おもしろくもない花見なんか、こっちからお断り！」という感じだったのだろう。

醍醐寺の桜会が、どんなに堅苦しいものだったのか、『古今著聞集』におもしろいエピソードがある。

増円、醍醐寺の桜会見物のとき、舞の最中に見物をばせずして、釈迦堂の前の桜のもとにて鞠《まり》を蹴りたるほどに、醍醐法師に追ひちらされて、からき目みたりけり。かた

がた逃げのがれたれど、よく嫌はれたるによりて、「うとめ増円」とぞ人は言ひける。（巻第十六）

桜会ではいろいろの種類の舞いが演じられるが、そもそもが法会の舞いだから、楽しくはないものだったらしい。

増円は醍醐寺の僧ではなく、法会にまねかれて出席していたひとのようだ。楽しくない舞いを観ているのがいやになり、見物席からぬけだし、桜の木の下で鞠を蹴って楽しんでいた。

桜会を主催している醍醐寺の法師としては腹が立つし、おそらく天皇か勅使が出席していたはずだから、面目も立たない。おおいに怒ってその場から追いだし、それでも足りずに、さんざんに悪口を言いふらしたようだ。「うとめ」とは疎む——忌み嫌うことだから増円は「嫌われ増円」というあだなをつけられてしまったわけだ。

鎌倉時代に、仏教は国家や朝廷だけではなく、人間を相手にするようになり、それにつれて法会と桜会がきりはなされた。仏教とは関係なく、ただ花の美を楽しむことが盛んになってきた。お花見のはじまりだ。

秀吉が、戦乱で荒れはてた醍醐寺を復興しようとしたとき、だれかが醍醐寺の桜会のことを言ったのだろう。

——そもそも醍醐寺の桜会とは天子さまや公卿、高位の僧だけが釈迦の誕生をいわったもの。庶民などには無縁のものだったそうです。

その言葉が秀吉の王者の気分を刺激し、「醍醐寺で桜会をやるぞ！」ということになったのではないか。

## ■宇治の橋姫

さむしろに衣かたしき今宵もや
　われを待つらむ宇治の橋姫
（『古今和歌集』）

琵琶湖から流れる唯一の川は近江では瀬田川とよばれ、山城にはいると宇治川と名を変え、淀で桂川、木津川と合流して淀川となって大阪にむかう。

急流であるのが平安京の防衛に役立ったが、それはまた京と東国との往来をさまたげるものでもあった。

宇治川に頑丈な橋をかけること、それは奈良時代からの念願であった。

大化二年（六四六）、奈良の元興寺の道登（道昭）という僧が宇治川に橋をかけたという記録がのこっているが、あんまり古いはなしなので信じないひともおおかった。

江戸時代の寛政三年（一七九一）、巨大な石碑の上端部が発見され、これにきざまれた銘文が「帝王編年記」という史料にのこる宇治橋建築の記録とおなじだった。大化二年に道登が宇治橋をかけたというはなしは事実だったのだ。

石碑の下端部は見つかっていないが、あたらしい石碑をつくってほんものの上端部と合わせ、「帝王編年記」の文章をきざんだ「宇治橋断碑」が宇治橋上流左手の橋寺（放生《ほうじょう》院《いん》）の境内に展示されている。

平安京の命の砦——宇治橋は人間ではまもれない、神さまに頼るしかない、そういう思いが橋姫のイメージを誕生させた。

宇治橋の左岸寄り、上流にむかって欄干が出っ張っているところがある。「三ノ間」といわれるもので、かつてはここに橋姫が祀られ、橋姫神社とよばれていた。

## ■いつも誰かを待っている

橋姫はその場から離れられない、橋をまもる任務があるからだ。

だから橋姫は、いつも、だれかを待っている、だれかを誘っている。

『源氏物語』の「宇治十帖」は「橋姫」の章からはじまる。

光源氏と女三宮のあいだにうまれた薫が宇治八宮をたずねる場面――

有明の月の、まだ夜深くさしい出づるほどに、いで立ちて、いと忍びて、お供に人などもなく、やつれておはしける。川のこなたなれば、舟などもわずらはで、御馬にてなりけり。入りもてゆくままに、霧ふたがりて、道も見えぬ、しげきの中を、わけたまふに、いと荒ましき風のきほひに、ほろほろと落ちみだるる木の葉の露の、散りかかるるも、いと冷やかに、人やりならず、いたく濡れたまひぬ。かかる歩きなども、をさをさならひたまはぬ心地に、心細くをかしくおぼされけり。

宇治八宮は山寺に参籠していて、不在だった。父の不在をさびしがる姫たちに、薫はなぐさめの歌をおくる。

橋姫の心をくみて高瀬さす
棹のしづくに袖ぞぬれぬる

宇治から離れることのできない姫たちを宇治橋の橋姫にたとえ、あなたの涙――「高瀬さす袖のしづく」――の意味はよくわかりますよと薫は告げた。

宇治橋の三ノ間。橋姫神社があった

宇治橋をわたって、すぐ左、県《あがた》神社の参道の大きな鳥居がある。鳥居をくぐってまもなく、うっかりすると見過ごしてしまいそうなささやかな神社、これが橋姫神社だ。

宇治橋の三ノ間にあった橋姫神社をここにうつし、『源氏物語』の「橋姫」のエピソードをかさねて味わってもらおうという配慮のようだ。

### ■梶原と佐々木の宇治川渡河作戦

源平合戦――平家は京都をまもり、源氏は東から京に攻め入ろうとする。

現代の感覚からすると国道一号線、つまり東山の三条を通って攻め込むルートが頭にうかぶだろうが、このころは東山には道はできていない。東海道といえば京都の三条から江戸の日本橋まで、こういう共通の感覚ができたのは江戸時代になってからのことだ。

騎馬が中心の大軍を京都に攻めこませるには山道を避けたい、山道よりは川を渡るほうがまだましである、というわけで攻撃側は宇治川を渡ろうとし、守るほうは渡らせまいとする。

頼朝よりも一足はやく京都に攻めこんで平家を追いはらった木曾義仲は、いきおいに乗って、西国へ落ちる平家を追討し、全滅させようとした。

その隙をねらい、頼朝は東国から大軍をおくって京都に攻めこもうとする。義仲も頼朝もおなじ源氏だが、平家が京都から逃げだしたいまでは敵対関係になっている。

おどろいた義仲は西国への出兵をやめ、京都の防衛作戦に転換した。宇治川には仁科・高梨・山田次郎が五百騎をひきいて出陣していった。

攻める頼朝の軍は六万という大軍だが、宇治川の急流を軍馬や武器、食料とともに渡らねばならない不利がある。義仲は宇治橋を落としてしまい、頼朝の軍が宇治川を渡河せざるをえないようにしていたのだ。

頼朝の軍には梶原源太景季《かげすえ》と佐々木四郎高綱《たかつな》というふたりの武者がいて、鎌倉を発《た》つまえから猛烈なライバル意識にもえていた。「生けずき」「する墨」という二頭の名馬をめぐるあらそいだ。

そのころ鎌倉殿（頼朝）に生けずき・する墨といふ名馬あり。生けずきをば梶原源太景季しきりに望みもうしけれども、鎌倉殿「自然のことあらん時、物の具して頼朝がのるべき馬なり。する墨もおとらぬ名馬ぞ」とて、梶原にはする墨をこそ、たうだりける。（『平家物語』・生けずきの沙汰）

生けずきを望んだ梶原だが、頼朝は、生けずきは自分が乗る馬だからといって、かわりに、する墨をあたえた。

それだけならよかったのだが、佐々木四郎が出陣の挨拶にいったとき、頼朝は「ほしいものは、なんでも与えよう」と言い、生けずきを与えた。これが梶原の恨みとなり、佐々木の反感となり、双方が恨みをいだいたまま宇治川の戦場に到着した。

寿永三年（一一八四）正月二十日、宇治川渡河作戦がはじまった

ころは睦月二十日あまりのことなれば、比良のたかね、志賀の山、むかしながらの雪も消え、谷々の氷うちとけて、水はおりふしまさりたり。

白浪おびただしうみなぎりおち、瀬枕おほきに滝鳴って、さかまく水もはやかりけ

り。夜はすでにほのぼのと明けゆけど、河霧ふかく立ちこめて、馬の毛も鎧の毛もさだかならず。（「宇治川の先陣」）

平等院の丑寅（東北）に「橘の小嶋」という島があって、そこから梶原と佐々木が先をあらそうように出撃してきたと『平家物語』は述べる。

いまの宇治川には宇治橋と直角にまじわるかたちで、ほそながい中州がある。上流部分を塔ノ島、下流を橘島、あわせて浮島というが、これが梶原と佐々木がとびだしてきた「橘の小嶋」とおなじ位置なのかどうか、地形と流れが変わってしまったいまでは確かめようがない。

ともかくも「橘の小嶋」から梶原と佐々木が出撃して、宇治川の先陣あらそいがはじまった。

佐々木四郎「この河は西国一の大河ぞや。腹帯の伸びてみえさうぞ、締めたまへ」といはれて梶原、さもあるらんとや思ひけん、左右の鐙を踏みすかし、手綱を馬のゆがみに捨て、腹帯を解いてぞ締めたりける。

そのまに佐々木は、つと馳せぬいて、河へざっとぞうちいれたる。

だまされたと気づいた梶原も、負けてはいない。

梶原、たばかられぬとやおもひけん、やがてつづゐてうちいれたり。「いかに佐々木殿、高名せうどて不覚したまふな。水の底には大綱あるらん」といひければ、佐々木太刀をぬき、馬の足にかかりける大綱どもをばふつふつと打ち切りうちきり、生けずきといふ世一《よいち》の馬には乗ったりけり、宇治川はやしといへども一文字にざっと渡いて、むかへの岸うちあがる。

梶原が乗ったりけるする墨は、河なかよりのためがたに押しなされて、はるかの下よりうちあげたり。

先陣あらそいは佐々木四郎の勝ちときまった。

鎌倉の頼朝に宇治川渡河作戦の成功が報告されたとき、頼朝がまっさきに使者にたずねたのは佐々木四郎の活躍だった。

鎌倉殿、まづ御使に「佐々木はいかに」と御尋ありければ「治川のまっさき候」と申す。日記をひらいて御覧ずれば、『宇治川の先陣、佐々木四郎高綱、二陣梶原源太景季』とこそ書かれたれ。（「河原合戦」）

「日記」とは正式な合戦記録のこと、ここに「二陣」と書かれてしまった梶原の将来は暗い。

頼朝が死んでしまうと梶原景季と父の景時にたいする風あたりがつよくなり、父と子はまもなくほろぼされてしまう。

# あとがき

京都に住みたいと考え、あれこれと計画し、やってきてから三八年目の『文学でめぐる京都』には、熱い思いをそそぐことができた。

過熱しないよう、自分をおさえるのに苦労があった。京都だけなら、文学だけならそうでもないはずだが、「京都」と「文学」をかさねて書くところに過熱の心配があった。

あれからさらに二〇年がすぎ、祥伝社黄金文庫『古典と名作で歩く本物の京都』と改題して復刊するチャンスをいただいた。

紹介した多くの作品のなかで、いちばんはじめに読んだ記憶があるのは高山樗牛の『滝口入道』だ。小学校の六年、いや、中学の一年か、京都のことはほとんど知らない。知らないはずなのに、横笛が滝口をたずねる場面を想像して、自分なりの京都をつくっていた。

はじめて滝口寺のあたりを――そのころはまだ、いまのように整備されてはいなかったが――この目でたしかめ、少年の想像と実際がぜんぜんちがうのを知った。

われながら噴飯ものの滑稽、誤解だが、恥ずかしい印象がないのは不思議だ。

京都の歴史には「誤解をゆるす」という性格が根づいているのだなと、それから三〇年ぐらいして気がついた。誤解してもかまわないから、ともかくも「来て、観察せよ」という強さがある、そう言い換えてもいい。

京都をたずねるのに格別の準備が必要なはずはないし、「京都の文学」というジャンルがあるわけでもない。しかし、京都をテーマにした文学作品、京都で書かれた文学には、ほかのものでは味わえない「ひろがり」と「深さ」を期待できる。

いちばんの「広がり」は時間だ。嵯峨の落柿舎のあたりに立つと、向井去来をたずねた松尾芭蕉の俳句が思い出され、その芭蕉にみちびかれて小督の塚をさがしている自分に気づく。こういうふうに、時間がかぎりもなく広がってゆくのが京都だ。

寺町通今出川の東北角に慶応四年（明治一――一八六八）に建てられた大型の石の道しるべがある。「大原口道標」ともよばれ、洛北は大原の寂光院に隠棲《いんせい》した建礼門院徳子（平清盛の娘・安徳天皇の生母）をたずねて、後白河法皇がこの角を通っていったとされる。

はるかな昔のことなのに、いまここに自分が立って遠い過去とつながるのが可能だということに驚いていただきたい。そのうえで『平家物語』の「大原御幸」の節を読めば、驚嘆は感激に変わるだろう。驚嘆や感激は文学作品をうまく読んでいる、なによりの証拠だ。

読みやすさを優先したので、古典からの引用は出典そのままではない部分が多い。送り仮名を変えたり、漢字を仮名に、仮名を漢字に替えたところもある。ご諒解いただきたい。

東京や大阪ほどではないが、京都の景観の変貌もなまやさしいものではない。烏丸通松原を下がった東、俊成《しゅんぜい》町のビルの一隅を占めて南面していた俊成社は藤原俊《とし》成《なり》と平忠度《ただのり》が悲痛な対面をした俊成屋敷の跡にたっていた（『平家物語』―「忠度都落」）。明治から昭和にかけ、小学校で唄われた唱歌「青葉の笛」（大和田建樹・詞）の舞台でもある。

なにかひとつ、京都の歴史にちなんだテーマで、と講演をたのまれると、たいていの場合は「青葉の笛」と題してひきうけるならわしもある。それぐらい愛着深い史跡だが、数年前、ビルの建て替えによって独立の社地をうしない、新しいビルの一郭《いっかく》に押し込められるかたち、烏丸通に西面する位置に再建された。

建て替え、再建と知ってカメラを持ってかけつけ、可愛らしいといいたいほど小型の旧社殿を抱きかかえるポーズで写真をとったのは、なんともいえず悲しかった。

破棄されず、ビルの一郭に新しい地を得たのは嬉しいが、このような事態はますます激しくなるだろう。

歴史の光景は変わる、変えられる。これは已《や》むをえないことだろう。ならば、光景を記憶して後代につたえるのは文学だ。美を美として記憶し、記憶した人間の印象とともに後世につたえるのは文学だ。

旧著が新しい姿で刊行されるについては祥伝社の吉田浩行さんと岡部康彦さんにお世話になりました。感謝いたします。

二〇一六・秋　　高野　澄

# 引用出典一覧

〔洛東〕

(1) 清少納言『枕草子』(新　日本古典文学大系『枕草子』岩波書店)
(4) 服部嵐雪『玄峰集』(日本古典文学大系『近世俳句俳文集』)
(5)『今昔物語』(日本古典文学大系『今昔物語』)
(8)『枕草子』(既出)
(12) 菅原孝標の娘『更級日記』(日本古典文学大系『土佐日記・かげろふ日記・和泉式部日記・更級日記』)
(15)『梁塵秘抄』(日本古典文学大系『和漢朗詠集・梁塵秘抄』)
(19)『牛若丸』(『日本歌唱集』―『日本の詩歌』別巻。中央公論社)
(21)『義経記』(日本古典文学大系『義経記』)
(23) 吉田兼好『徒然草』(日本古典文学大系『方丈記・徒然草』)
(25) 浅野健二『新編わらべ唄風土記』(柳原書店)
(26) 高橋美智子『京のわらべ唄』(柳原書店)
(30) ルイス・フロイス『日本史』(松田毅一、川崎桃太訳。中央公論社)
(34)『平家物語』(日本古典文学大系『平家物語』)
(40)『平家物語』(既出)
(43) 十返舎一九『東海道中膝栗毛』(日本古典文学大系『東海道中膝栗毛』)
(44) 竹久夢二『出帆』(龍星閣)
(48) 並木五瓶『楼門五三桐』(『歌舞伎名作選』

東京創元社）

〔洛北〕

（2）『平家物語』（既出）
（3）辻　邦生『安土往還記』（新潮文庫）
（4）夏目漱石『虞美人草』（『漱石全集』岩波書店）
（10）『平家物語』（既出）
（11）『小敦盛』（日本古典文学大系『御伽草子』）
（12）吉川英治『宮本武蔵』（『吉川英治全集』講談社）
（13）与謝蕪村『洛東芭蕉菴再興記』（日本古典文学大系『蕪村集・一茶集』）
（19）『平家物語』（既出）
（20）『義経記』（既出）
（26）『枕草子』（既出）
（33）鴨長明『方丈記』（日本古典文学大系『方丈記・徒然草』）
（38）谷崎潤一郎『夢の浮橋』（『谷崎潤一郎全集』中央公論社）
（42）野上彌生子『秀吉と利休』（中央公論社）
（44）三島由紀夫『金閣寺』（新潮文庫）
（49）川端康成『古都』（新潮文庫）

〔洛中〕

（2）『梁塵秘抄』（既出）
（4）『虞美人草』（既出）
（7）『枕草子』（既出）
（9）紫式部『源氏物語』（日本古典文学大系『源氏物語』）
（12）『秀吉と利休』（既出）
（14）『日本史』（既出）
（17）『義経記』（既出）
（21）『安土往還記』（既出）

(23) 森鷗外『高瀬舟』(岩波文庫『山椒太夫・高瀬舟』)
(27) 司馬遼太郎『龍馬がゆく』(文藝春秋)
(31) 夏目漱石『京に着ける夕』(『漱石全集』岩波書店)
(33)『虞美人草』(既出)
(35) 梶井基次郎『檸檬』(岩波文庫『檸檬・冬の日』)
(36) 芥川龍之介『羅生門』(『芥川龍之介全集』岩波書店)
(43)『今昔物語』(既出)

〔洛西〕
(1)『枕草子』(既出)
(6)『拾遺和歌集』(『新編国歌大観』角川書店)
(6)『源氏物語』(日本古典文学大系『源氏物語』)
(9)『平家物語』(既出)
(13)『平家物語』(既出)
(14)『横笛草紙』(日本古典文学大系『御伽草子』)
(17) 高山樗牛『滝口入道』(『現代日本文学全集―樗牛・嘲風・臨風集』改造社)
(20)『平家物語』(既出)
(20)『黒田節』(『日本歌唱集』―『日本の詩歌』別巻。中央公論社)
(21)『虞美人草』(既出)
(24) 向井去来『落柿舎の記』(日本古典文学大系『近世俳句俳文集』)
(26) 松尾芭蕉『嵯峨日記』(日本古典文学大系『芭蕉文集』)
(28)『徒然草』(既出)
(33)『古今著聞集』(日本古典文学大系『古今著聞集』)

(37)『酒呑童子』(日本古典文学大系『御伽草子』)

〔洛南〕

(2)『風土記・逸文』(日本古典文学大系『風土記』)
(4)『枕草子』(既出)
(9)遠藤周作『鉄の首枷』(中央公論社)
(12)『龍馬がゆく』(既出)
(16)『秀吉と利休』(既出)
(19)『靫猿』(日本古典文学大系『狂言集』)(淀の川瀬の
(20)小瀬甫庵『太閤記』(新人物往来社)
(27)『古今著聞集』(既出)
(29)『古今和歌集』(日本古典文学大系『古今和歌集』)
(31)『源氏物語』(既出)
(34)『平家物語』(既出)

一〇〇字書評

切り取り線

**購買動機**（新聞、雑誌名を記入するか、あるいは○をつけてください）

- □ （　　　　　　　　　　　　）の広告を見て
- □ （　　　　　　　　　　　　）の書評を見て
- □ 知人のすすめで
- □ タイトルに惹かれて
- □ カバーがよかったから
- □ 内容が面白そうだから
- □ 好きな作家だから
- □ 好きな分野の本だから

●最近、最も感銘を受けた作品名をお書きください

●あなたのお好きな作家名をお書きください

●その他、ご要望がありましたらお書きください

| | | | | | |
|---|---|---|---|---|---|
| 住所 | 〒 | | | | |
| 氏名 | | 職業 | | 年齢 | |
| 新刊情報等のパソコンメール配信を 希望する・しない | Eメール | ※携帯には配信できません | | | |

## あなたにお願い

この本の感想を、編集部までお寄せいただけたらありがたく存じます。今後の企画の参考にさせていただきます。Eメールでも結構です。

いただいた「一〇〇字書評」は、新聞・雑誌等に紹介させていただくことがあります。その場合はお礼として特製図書カードを差し上げます。

前ページの原稿用紙に書評をお書きの上、切り取り、左記までお送り下さい。宛先の住所は不要です。

なお、ご記入いただいたお名前、ご住所等は、書評紹介の事前了解、謝礼のお届けのためだけに利用し、そのほかの目的のために利用することはありません。

〒一〇一-八七〇一
祥伝社黄金文庫編集長　岡部康彦
☎〇三（三二六五）二〇八四
ohgon@shodensha.co.jp

祥伝社ホームページの「ブックレビュー」からも、書けるようになりました。
http://www.shodensha.co.jp/bookreview/

祥伝社黄金文庫

古典《こてん》と名作《めいさく》で歩《ある》く本物《ほんもの》の京都《きようと》

平成28年10月20日　初版第1刷発行

著　者　高野《たかの》　澄《きよし》
発行者　辻　浩明
発行所　祥伝社《しようでんしや》
〒101－8701
東京都千代田区神田神保町3－3
電話　03（3265）2084（編集部）
電話　03（3265）2081（販売部）
電話　03（3265）3622（業務部）
http://www.shodensha.co.jp/

印刷所　堀内印刷

製本所　ナショナル製本

　ISBN978-4-396-31701-0 C0195

# 祥伝社黄金文庫

高野澄
## 日本史の旅 京都の謎 伝説編
インド呪術に支配された祇園《ぎおん》、一《いっ》休《きゅう》和尚伝説、祇王《ぎおう》伝説……京都に埋もれた歴史の数々に光をあてる！

高野澄
## 日本史の旅 京都の謎 幕末維新編
龍馬、桂小五郎、高杉晋作、近藤勇……古い権力が倒れ、新しい権力が誕生する変革期に生きた青春の足跡！

高野澄
## 日本史の旅 京都の謎 東京遷都その後
新選組が去り、天皇が東京に行ってしまった京都。そこには東京と違った〝文明開化〟が花開こうとしていた……。

高野澄
## 奈良1300年の謎
「平城」の都は遷都以前から常に歴史の表舞台だった！　時を超えて奈良の「不思議」がよみがえる！

高野澄
## サムライガール 新島八重《にいじまやえ》 維新を駆け抜けた「烈婦」の生涯
幕末のジャンヌ・ダルクから日本のナイチンゲールへ。激動の時代を自由に生き抜いたハンサム女子《ウーマン》の素顔。

高野澄
## 伊勢神宮の謎 なぜ日本文化の故郷なのか
なぜ伊勢のカミは20年に一度の〝式年遷宮〟を繰り返すのか？　これで伊勢・志摩歩きが100倍楽しくなる！